さよならごはんを明日も君と

汐見夏衛

幻冬舎文庫

さよならごはんを明日も君と

汐見夏衛
Natsue Shiomi

Contents

Sayonara Gohan wo
Ashita mo Kimi to

1章

食べて、生きて

1.0 ポークソテーとグリル野菜

帰宅したら、まず風呂場へと直行する。

やっと家に着いたからといって気を抜いて、一度座ったり横になったりしたが最後、とたんに身体(からだ)が重くなって動きたくなくなる。そんな自分の習性を、最近ようやく理解できてきた。

これが分からないうちは、とりあえずいったん身体を休めたいという誘惑に負けてソファに直行し、ぼんやりしているうちにいつの間にか1時間以上も経過してしまっていたり、そのまま寝落ちしてしまっていたりと、結果的に未来の自分から恨まれるような失敗を繰り返していた。

人間、いくつになっても学べるものだ。

動く気力があるうちに、まずはやるべきことをさっさと済ませる。そのほうが結果的に楽なのだ。

目の前の誘惑に負けて横になってしまう日ももちろんあるが、それもまた一興というやつだ。本当に疲れきって動けないのなら、諦めてさくっと寝てしまい、たっぷり眠って元気いっぱいになっているであろう翌朝の自分に、たまには甘えればいいのだ。明日の自分のために今日の自分が頑張ることもあれば、今日の自分のために明日の自分に頑張ってもらうこともある。持ちつ持たれつだ。

今日は、ベッドに直行したいほどではないものの、なかなかに疲れている。昼間は暑かったので一刻も早く汗を流したいし、風呂を沸かすのも面倒だしで、シャワーでさっと済ませることにした。

もちろん湯に浸かったほうが疲れは取れるのだろうが、浸かるためのもろもろで気疲れしてしまうこともあるから、プラマイゼロという気もする。

まあ、とにかく、どうしても風呂に浸かりたいときはわざわざ沸かしてでもそうするし、そうでないときはシャワーにするし、朝に持ち越すこともある。

どうしようが自由だ。誰に文句を言われることもないし、言われる筋合いもない。こうあるべき、こうでなきゃいけない、と決めつけられたり、自分で決めつけてしまうと、人生は一気に苦しくなる。

だから、何事も適当に、手を抜いて、力を抜いて。

そうやって、少しずつ、生きるのがうまくなってきたような気がする。少しずつ、息をするのが楽になってきた気がする。

風呂場から出て、その足でキッチンに入る。

「ああ、腹減ったー」

思わずひとりごちた。

時刻は23時。夕方に軽食を口にしてから7時間ほど経っている、腹が減って当然だ。朝6時に軽めの朝食、8時に店を開け、ランチ客で忙しくなる11時前に昼食を済ませて、ディナー客が増える前の午後4時台に、作業の片手間にさっと食べられるおにぎりやサンドイッチなどで腹を落ち着かせる。そして営業終了後、片付けや翌日の仕込みを終えて帰宅し、夜11時台に夜食をとる。だいたい毎日そういう生活だ。

一日の中でいちばん気合いが入るのは、やっぱりこの夜食だ。自分が料理を志すきっかけとなった、原点といえる食事だからだ。

さあ、今日の夜食は何にしよう。

へとへとな上に腹が減っているから、さっと作れて腹に溜まるものがいい。となると、やっぱり肉だ。じっくり煮たり下茹でしたりする時間はないので、ちゃちゃっと焼く。

とはいえ、肉だけというのも物足りない。学生の頃は、とにかくがっつり肉さえ食えれば満足と思っていたし、焼肉屋に行っても野菜なんかで腹を膨らませたらもったいないと肉ばかり食っていたが、はたちを過ぎたあたりから、野菜が妙に旨く感じるようになった。

野菜の旨さが分かるようになったら大人だな、なんて思う。

というわけで今夜は、ポークソテーとグリル野菜に決めた。

まず大根を一口サイズに、ズッキーニと人参は1センチほどの輪切りにする。ブロッコリーの茎を落とし、小房に分ける。

それらの野菜と、ミニトマトも一緒にアルミホイルの上に並べ、魚焼きグリルに投入して、スイッチを入れる。弱火でじっくり焼く。

次に豚カツ用のロース肉を取り出し、まな板の上にのせて、数ヶ所に包丁を入れて筋切りする。塩こしょうを振って、小麦粉を軽くまぶして、馴染ませる。

熱したフライパンにサラダ油を引いて、豚肉をのせる。

サラダ油は少なめに。時間が時間だし、豚肉からも脂が出るから、火加減さえ間違わなければ少なめでも焦げついたりはしない。

両面をこんがり焼いたら、さっと醤油を回しかけて、火を止める。

油と混ざった醤油が泡立ち、じゅわじゅわと音を立てた。

焼けた肉と焦げた醤油の香ばしいにおいが、一気にキッチンに広がる。まさに至福の時だ。

肉を取り出して平皿に盛りつければ、ポークソテーの完成。

フライパンに残ったままの、豚の旨味としっかり絡んだ醤油だれを、弱火で煮詰める。

グリルから取り出した野菜をポークソテーの横に盛りつけ、煮詰めたたれをさっと絡ませたら、付け合わせのグリル野菜も完成だ。

朝のうちに予約しておいた炊きたてのごはんを炊飯器から茶碗に盛る。

ダイニングテーブルに、ポークソテーの皿とごはん茶碗を並べて、やっと腰を落ち着けた。

「さて、今日も一日、頑張りました」

お疲れ様でした、自分。

そうやって、ちゃんと自分をねぎらい、旨い飯でいたわり、今日一日生きた疲れをリセットすることで、また明日も頑張れるのだ。

作ることも、食べることも、生きることも。

さあ、ごはんの時間だ。

目の前の料理に、ぱんっと手を合わせる。

「いただきます」

軽く目を閉じ、嚙みしめるようにそう言った。

まずは付け合わせの野菜。豪快にフォークで刺して、ぱくっと口に含む。今度こそ文字通り嚙みしめる。

うん、旨い。これこれ。

グリルした野菜の表面は少し焦げ目がついて、かすかにぱりっ、かりっという小気味のいい音がする。

食感はほくほく、でも嚙むと、焼けた表面に閉じ込められた水分がじゅわっと溢れ出す。瑞々しさの中に、野菜の栄養と旨味がたっぷり詰まっている。

まさに、心にも身体にもおいしい。

今日はポークソテーの残りのたれを使ったが、自家製ソースもいい。マヨネーズと白味噌(みそ)をベースに、すりおろしにんにくと練りごまを混ぜた味噌マヨディップソースが、最近のお気に入りだ。

シンプルにオリーブオイルと塩だけで食べるのも安定に旨いし、水切りヨーグルトとカレー粉のソースや、クリームチーズとはちみつのソースなんかも抜群に旨い。

そんなことを考えていたら、無性に食べたくなってきた。あさってのランチのサラダは3色ディップ野菜にしよう。きっとみんな喜んでくれる。

おいしい、と頬を緩めるその顔が見たくて、毎日料理を作りつづけている。

自分のための料理も楽しいけれど、誰かのための料理も楽しい。どちらも楽しい。

たぶん、どちらかだけに偏ると、どちらも楽しくなくなる。

自分も、他人も、大切にしないといけないのだ。

さて、お待ちかねの肉だ。

もう、食べる前からすでに旨い。てらりと光る脂、醤油の香ばしいにおい。目にも鼻にもおいしい。

ナイフとフォークで大きめの一口サイズに切り分けて、がぶりと頬張る。口の中いっぱいに広がる肉汁と歯を跳ね返すような弾力、肉の旨味。分かっていたが、旨い。ポークソテーの余韻に満ちた口腔(こうこう)に、つやつやに輝く白米を放り込み、その奥ゆかしい甘みを全力で感じる。

ごはんって本当に旨いよなあ。疲れているときほど旨い。

あっという間に平らげて、

「ごちそうさまでした」

食材たちと、作った自分に、手を合わせる。

はあ、旨かった。今日も最高のお夜食だった。

心の中で満足の声を上げつつ、思う。あの頃は、こんなふうに、食事を楽しむことなんてなかった。想像すらしなかった。ただひたすら、命をつなぐためだけに食べていた。義務的な食事だった。

こんなふうに、『好きな時間に好きなものを食べられる自由』を得られる日が来るなんて、思いもしなかった。

食べることは、生きることだ。

だから、食べる自由と食べる楽しみを奪われることは、生きる自由と生きる楽しみを奪われることでもある。

あの頃の自分のように、自由も楽しみも得られず、あるいは見失い、ただ普通に生きることもままならず日々もがいている人が、世の中にはたくさんいる。

彼らに、少しでも、心と身体をあたため、ほぐし、緩める食事を、とってもらいたい。

そんな気持ちで、『お夜食処あさひ』を始めた。

あの店は自分の生きがいでもあり、いつか訪れる誰かの拠りどころでもある。

あの場所を守るために、今日も明日も、作って、食べて、生きるのだ。

明日はどんなお客さんに会えるだろう。その人にはどんな夜食を食べてもらおう。

そんな想像に身を委ねながら、今夜も眠りにつく。

1．1　鮭の照り焼きと厚揚げステーキ

「小春さん、ずいぶん手際がよくなったなあ」

玉ねぎのみじん切りをしていたら、隣でお米を研いでいた朝日さんが私の手元を覗き込み、感心したように言った。

「そうですかね……ありがとうございます」

私は照れながら少し首をかしげて応える。

たしかに自分でも、まあまあのスピードで、しかもほぼ均一な大きさで、カットできているなと思う。

『お夜食処あさひ』で働きはじめて3ヶ月以上。我ながらかなり慣れてきたと思う。

初めは勉強とアルバイトの両立に苦労したりもしたけれど、今は毎日のペースもつかめてきて、ゆったりとした気持ちで余裕をもって過ごせるようになってきた。

新しい環境に慣れるのが得意とは言えない私が、たった3ヶ月で『慣れた』と自覚できるようになるなんて、びっくりだ。

朝日さんのおかげだと思う。失敗をしてもまったく責めない、挑戦すると喜んでくれる。そんな人が見守ってくれていると、なんでも『ダメ元でいいからやってみようかな』と思えるのだ。

「周平くんも、かなり慣れてきたね」

次に朝日さんがにこにこと話しかけたのは、キッチンの端でお肉に下味をつけている大学生アルバイトの笹森さんだ。

朝日さんは、アルバイトのことも、お客さんのことも、苗字ではなく名前で呼ぶ。仕事上の関係性なら苗字で呼ぶほうが一般的だと思うので、どうしてですかと一度訊ねてみたら、

『名前のほうが、その人を呼んでるって感じがするから』

という答えが返ってきた。

『苗字は変わる可能性がある、本人の意思とは関係なく不可抗力で変わる可能性もあるけど、名前は基本的には本人が変えようとしない限り変わらないだろ。生まれてから死ぬまで、生きてる間ずっと付き合うものだから、相手が嫌がらないなら、なるべく名前で呼びたいんだ』

私は苗字で呼ぶか名前で呼ぶかは、親密さの違いだと思っていた。仲がよければ名前で、それほどでもなければ苗字で。

だから、朝日さんの考え方は、私にとってはひとつの発見だった。

そして、私はもうすぐ苗字が変わるかもしれないということに思い至った。お母さんとお父さんの離婚が成立して、お母さんが親権を持ったら、私の苗字はお母さんの旧姓に変える手続きをするのだ。

お母さんにとっては、結婚するまでずっと使っていた苗字だから、元の自分に戻るという感覚だろう。でも、私にとってはお母さんはずっと『神谷裕子』だったから、違和感がないと言えば嘘(うそ)になる。

そして私自身にとっては、馴染みはあるものの、『小春』という名前と合わせてみたことはない苗字に変わるわけだ。そう考えると、なんとも心もとないような、不思議な感じがする。

学校ではずっと『神谷』と呼ばれているから、苗字が変わったら、いきなり全く別の呼び方をされることになるわけで、居心地はよくなさそうだ。

そして、いつか結婚することがあったら、私の苗字はまた変わるかもしれないのだ。

ずっと苗字も自分の名前の一部だと思っていたけれど、そうではないのだと、朝日さんの言葉を聞いて初めて実感した。

だからこそ、『お夜食処あさひ』では初めから『小春さん』と呼んでもらえていることに、ものすごく安心感を覚えた。

朝日さんはこれまでの人生で、苗字というのは変わりうるもので、その人個人にくっついているものではないと、経験してきたのかもしれない。自分のことか、周りの誰かのことかは分からないけれど。

そういう経験があるからこそ、朝日さんは身近に関わる人のことを名前で呼ぶようにしているのかな、と思った。

笹森さんのことも、朝日さんはすぐに『周平くん』と呼ぶようになったけれど、私はさすがにハードルが高くて、苗字で呼ばせてもらっている。出会ったばかりで名前で呼べるなんて、しかもそれを相手に不快に思わせない柔らかさで距離を詰められるなんて、朝日さんはすごいなあと思う。

「料理なんて僕にできるかなってかなり不安だったんですけど、おかげさまで、家で自炊もするようになりました。なんだか寝つき寝起きもよくなって、最近すごく元気です」

笹森さんがにこにこと応えている。

「料理って楽しいんですね」

「だろー？　人生の彩りが増えるよな」

朝日さんはすごく上機嫌だ。同志ができて嬉しいのだろう。

笹森さんは以前は、時給が高いという理由で居酒屋のホール担当のアルバイトをしていたけれど、その店にいると悲しいことを思い出してしまうから辞めた、と言っていた。

彼が初めてこの店にやってきたとき、今にも消えてしまいそうなほど痩せ細ってやつれた姿で、大切な家族が亡くなったのだと涙を流していた。

本当に大事な存在だったのに、自分の事情を優先してしまい、最後のお別れができなかった。その後悔と罪悪感、悲しみと苦しみにより、ごはんを食べられなくなってしまった。

そんなふうに、苦しそうな顔で語っていた。

あのときに比べたら、今の笹森さんはとても元気そうだ。

もともと食が細いそうで、今もあまりたくさんは食べないけれど、朝日さんのまかないごはんをおいしいおいしいと、いつも笑顔でぱくぱく口に運んでいる。

そのおかげか、肌つやがよくなり、こけていた頬も、尖(とが)りすぎた顎も少し柔らかいラインになり、見るからに健康そうになった。

がりがりに痩せて骨と皮だけという感じだった身体も、なんとなく厚みが出てきたような気がする。

『お夜食処あさひ』と出会い、朝日さんの料理を食べたことで、心と身体が元気になった人たちを見るのは、なんだかとても嬉しい。

私自身もそうだし、笹森さんも。

他のお客さんたちも、近くに来る機会があると店に顔を出して、朝日さんや私たちに挨拶をしてくれる。もちろん、食事をしていってくれることも多い。

そのときに、以前とは見違えるくらいに明るい表情を見せてくれたり、はつらつとした話し方に変わっていたりするのを見ると、朝日さんはとても嬉しそうに笑う。もちろん私も、自分のことのように嬉しくなる。

私が働き出してすぐの頃にやってきたお客さんの若葉ちゃん。ダイエットを頑張りすぎて栄養不足になり、精神的にも不安定になっていた彼女が、先日、お母さんを連れてお店に来てくれた。

若葉ちゃんのリクエストに合わせて朝日さんが作った、『ボリューム満点でがっつり食べごたえがあるけど、太りにくいヘルシーな料理』を、若葉ちゃんとお母さんは、楽しそうにおしゃべりしながらもりもり食べていた。

そのときに朝日さんが選んだメニューは、鮭の照り焼きと厚揚げステーキだった。

照り焼きは鶏もも肉で作ることが多いけれど、あえて鮭や白身魚などの魚で作ると、多少カロリーを抑えられる。はちみつと醬油を料理酒で煮詰めた照り焼きソースは、甘みと塩味がしっかりあるので、それほど量を食べなくても満足感が高く、満腹感を得やすい。

そんな朝日さんの話を、若葉ちゃんのお母さんは『なるほどねえ、勉強になるわあ』と感心したように何度も頷いて聞いていた。

厚揚げのステーキは焦げ付きにくく、油を使わずにフライパンでそのまま焼けるので、ヘルシーだし後始末も楽だ。そして厚揚げはたんぱく質がたっぷりでお腹に溜まるので、食べごたえがある。

中はふっくら、外はかりかりに焼けた厚揚げに、大根おろしをたっぷりのせて、醬油を垂らし、刻み海苔と白ごまをかける。あるいは、大根おろしに白ねぎとポン酢をかけるとさっぱり食べられるので、脂っこいものが苦手な人にもおすすめ、と朝日さんは言っていた。

鮭の照り焼きと厚揚げステーキは、私も一緒に食べさせてもらったけれど、どちらもとてもおいしくて、心もお腹もしっかり満たされる感じがした。

「ダイエット中なのに、おいしすぎてたくさん食べちゃった。いくらヘルシーでも、食べすぎたら意味ないよ」

と、食後に胃のあたりをさすりながら嘆いた若葉ちゃんに、彼女のお母さんはあははと豪快に笑った。それから、

「じゃあ今日は、散歩がてら、歩いて帰ろうか」

と提案した。電車に乗ってきたけれど、家までは歩けないこともない距離だという。

「お母さんもそろそろ本気で健康に気をつけないといけないし。職場の健康診断で、血液検査をしたら、深刻なやつじゃないけど、ちょっと引っ掛かっちゃってね」

少し恥ずかしそうに笑って言ったお母さんに、若葉ちゃんは血相を変えて、「なに

それ、聞いてないんだけど」と慌てた。

「お母さん、食べすぎだし運動不足なんだよ。私も人のこと言えないけど。お母さんは年が年なんだから、気を付けなきゃ」

「年が年って、あんた失礼ねえ」

「ほんとのことじゃん！　あっ、これから夜一緒に散歩しようよ！　お母さんが夜勤じゃないときだけでも」

「そうだねえ、しようか。ひとりだと絶対続かないけど、若葉と一緒なら頑張れそう」

笑顔で言い合う二人を、朝日さんは満足そうに見つめていた。

先週は、凌真(りょうま)くんが学校帰りに顔を見せてくれた。たしかもう5、6回目になると思う。

最初に凌真くんがお店に来たときは、お母さんが作る自然派素材にこだわりすぎた料理やお菓子に耐えきれなくなり、『市販の普通の食べ物』に強いあこがれを抱いていた。

そんな凌真くんのために朝日さんが用意したのは、いつもの手作りの料理ではなく、コンビニで好きなものを全部買っていいよ、というコンビニパーティーだった。ずっと食べてみたかったというチョコレートやポテトチップスなどのお菓子をたくさん買って、お店で大はしゃぎしながら食べて、残ったお菓子は家に持ち帰った。

凌真くんのお母さんは、普段必死に遠ざけているものが大量に持ち込まれたのを見て卒倒しかけて、

『こんなもの食べたら病気になっちゃうわ！』

と捨てようとした。それを見た凌真くんはとうとう怒りが爆発し、それまで我慢していた思いを全部ぶちまけたのだという。

それを聞いて、凌真くんのお母さんはショックで一晩寝込んだ。でも、起きたら『ごめんなさい』と謝ってくれたらしい。

『凌ちゃんのためだと思ってやってたのに、そんなに悲しい思いをさせてたなんて、想像もしてなかった。本当にごめんなさい。身体の健康だけじゃなくて、心の健康も大切なのにね……』

そして、コンビニのお菓子のお礼として、翌日凌真くんとお母さん二人で、手作り

のお菓子を持ってきてくれた。

『お金はきっと遠慮して受け取ってくれないから、差し入れを持っていきましょう』とお母さんが言ったのだそうだ。すてきな気遣いができる人なんだなあと思った。

そして彼女が作ったパウンドケーキやクッキーは、本当にほっぺたが落ちそうなくらいにおいしくて、心底びっくりした。

どれも選び抜かれたと分かる健康的な食材で、栄養バランスも考慮されていて、見た目もきれいで、お店を出したら大繁盛しそうなくらいすばらしいお菓子だった。

素直にそう伝えると、凌真くんもお母さんも嬉しそうに笑った。凌真くんは誇らしげでもあった。

その様子だけでわだかまりは解けたのだと分かって、私も幸せな気持ちになった。

それ以来、凌真くんはときどきお店に顔を出して、お母さんのお菓子を差し入れしてくれるようになった。

何度か顔を合わせるうちに、私は凌真くんとけっこう仲良くなって、色んな話を聞かせてくれるようになった。

市販のお菓子を口にしたことがなかった凌真くんだけれど、今は自分で食べたいお菓子を選んでもいいようになったらしい。

「ごはんは手料理が基本なんですけど、たまには外食もいいよって。おやつはその日の気分で、手作りのお菓子が食べたいときは朝言っとくと作ってくれるし、お店のやつがいいときは買い置きしてあるやつを食べるか、買いに行くんです」

「そっかあ。よかったね」

「ほんとです、前には考えられないくらい変わりました。それで最初はやっぱりスーパーとかコンビニのお菓子にはまっちゃって、ほぼ毎日買ったお菓子を食べてたんですけど、だんだん落ち着いてきたら母のお菓子が恋しくなってきて、最近は半々くらいかも。あ、そういえば母も最近はチョコとか飴とか食べるんですよ。『これ今もあるんだ、懐かしい味』とか普通に言うから、『なんだよママも子どもの頃は普通のお菓子食べてたんじゃん』、ってちょっとむかつきましたけど」

そんな話を、にこにこと話してくれたりする。

「母のお菓子を嫌な気持ちで食べてた自分が、すごく嫌だったから、今は本当に毎日幸せです」

凌真くんがぽつりと言った言葉が、とても心に残った。

このお店でさよならごはんを食べて、好きになれなかった自分にさよならをする。

そして未来へ向かって一歩踏み出し、なりたかった自分になる。

お夜食を食べたお客さんが、過去にさよならを告げる決然とした表情を、朝日さんはいつも微笑(ほほえ)んで見つめる。

そして、新しい自分になって、再び店を訪れてくれる人たちを、本当に嬉しそうな笑顔で迎える。

きっとその瞬間のために朝日さんはこのお店をやっているんだろうなと思う。

朝日さんにも、さよならごはんがあったのだろうか。

それはどんなごはんで、どんな自分にさよならをしたのだろうか。

ふとそんなことを思った。

1．2　カルボナーラとミネストローネ

使用後の食器をお湯で流すと、脂汚れがすっきり落ちて洗うのが楽だけれど、手が荒れる。

　考えてみればそんな当たり前のことを、今までは知らなかった。料理は作るのも大変だけれど、後片付けはそれ以上に大変だ。

　調理器具は色々な形状で、泡立て器や刷毛（はけ）などはきれいに洗うのが大変だし、しかも手間のかかる料理は工程が多く、それに合わせて使う器具も多くなり、さらに後片付けのハードさが増す。そして、ごはん粒がついた茶碗や、油脂の多い料理を盛ったお皿は、洗うだけでも手間と時間がかかる。

　今日のディナータイムのメニューは、カルボナーラとミネストローネ。

　カルボナーラは卵とチーズのたんぱく質、オリーブオイルとベーコンの油分で、汚れがべったりとこびりついていて、なかなか大変だ。

　でも、いつかのまかないで食べたけれど、朝日さん特製の『生クリームを使わない

本場風カルボナーラ』は、とてもとてもおいしかった。

「いちばんのポイントは、パンチェッタを炒(いた)めるときに、オリーブオイルにしっかり旨味と風味を移すこと」

　朝日さんが作りながら教えてくれた。

　カルボナーラはまず、パスタを茹でている間にソースの準備をする。卵2個を溶いたものに、粉チーズ2分の1カップ、粗挽(あらび)きこしょう小さじ1を入れ、パスタの茹で汁も大さじ1入れて、よく混ぜる。これがソースのもとになる。

　次にフライパンにオリーブオイルとパンチェッタを入れ、焦げる寸前までしっかりと炒める。

「オリーブオイルでパンチェッタを揚げるというか、パンチェッタの旨味をオイルで煮出すというか、そういうイメージだな。この工程をしっかりやるかやらないかで、だいぶ味が変わるんだ」

　フライパンを少し持ち上げて斜めに傾ければ、オイルは少量でも大丈夫だ。

「パンチェッタからしっかり脂が出てくるから、オリーブオイルは大さじ1くらいでいい」

パンチェッタに焼き色がついたら、ごく弱火にして、卵と粉チーズを混ぜたものをフライパンに入れる。

「とにかく弱火でゆっくり、しっかり混ぜる。クリーム状になるまでな。ここで火加減をミスると卵に火が通りすぎてダマになっちゃうんだ。別にそれでも食べられないわけじゃないけど、やっぱりカルボナーラって言ったらクリーミーじゃないと寂しいよな」

「料理素人（しろうと）にとっては、火加減ってかなりドキドキするポイントなんですよね……」

笹森さんがそう言うと、

「大丈夫、湯せんでも作れるよ」

とグーサインをして朝日さんは笑った。

「卵とチーズを混ぜたボウルに、炒めたパンチェッタをオリーブオイルごと投入する。それを湯せんしながら、茹で上がったパスタを入れて、ソースと絡める。それだけで卵にいい感じに火が通るよ」

「おおー、そんな裏技が」

笹森さんが目を丸くして感嘆すると、朝日さんは嬉しそうに笑い声を上げた。

「ははっ、裏技か、いい表現だな。料理はいくらでも裏技があるし、正攻法じゃないとだめなんてことはない。だから、慣れてきて『こうやったらどうなるだろう？』って思いついたら、色々やってみればいいよ」

「なるほど。そう聞くと料理のハードルが下がります」

「あんまりやったことがないと、料理は難しいってイメージがあるもんな」

私はこくこくと頷いた。私もここで働きはじめるまでは家庭科の調理実習くらいしか経験がなく、料理は難しいと足踏みする気持ちがかなり強かった。

失敗したら申し訳ない、食材が無駄になる、という思いも強く、及び腰になっていた。

でも、朝日さんは失敗すら笑い飛ばしてくれるし、失敗したと思った料理を他の味つけで成功に導いてくれた。

おかげで、失敗しても大丈夫と思えるようになり、挑戦することが怖くなくなったのだ。朝日さんパワーはすごい。

笹森さんも私と似たところがあるようで、最初の頃は「失敗したらすみません」と恐縮しながら包丁を握ったりしていたけれど、今や「僕やってみてもいいですか」と自ら手を挙げたりしている。

もしも朝日さんに出会えなかったら、『お夜食処あさひ』に出会えなかったら、私も笹森さんも、今頃どうなっていたか分からない。

*

午後8時、お客さんのほとんどは帰り、奥のテーブル席に座った若い女性二人組が残っているだけだった。

久しぶりに会った友達どうしなのだろう、おしゃべりに花が咲き、なかなか話の種が尽きないという様子だ。

すてきだなあ、と思う。おとなになっても連絡をとりあって会う約束をして、一緒にごはんを食べながら何時間も話をして、楽しそうに笑う、そんな友達が私にもできるだろうか。

自然とそんなことを考えている自分に、少し驚いた。

以前の私は、将来のことも、友達のことも、考えることはなかった。『今の自分』

のことでせいいっぱいで、いかに成績を上げるか、いい大学に受かるか、そればかり考えていた。

でも、これからは、もっと学校でも積極的に周りと話すようにして、彼女たちのように深い友達になれる人を見つけたいなと思う。

それに、第一志望の高校に落ちてから勉強に取り憑かれたようになって、中学までの友達との連絡をおろそかにして、距離ができてしまったので、彼女たちとの関係の修復もしていきたい。

「あ、もうこんな時間！　そろそろ帰らなきゃ」

女性客のひとりが声を上げた。

「本当だ、お開きにしようか」

「あっ、待って、記念に写真撮ろうよ」

「いいね、撮ろう撮ろう」

すると、パントリーにいた朝日さんが、

「よかったら、撮りましょうか」

とにこやかに声をかけた。仕事に集中しているように見えて、彼はいつもお客さんの動向に注意を払っているのだ。

　彼女たちは顔を見合わせた。

「いいんですか？」

「もちろんです」

「じゃあ、お願いします」

「お安い御用で」

　朝日さんはカウンタードアからホールに出て、スマートフォンを預かった。

「はーい、撮りますよー」

　数回シャッターを押したあと、彼女たちに見せて「これで大丈夫そうですか」と確認する。

「はい、大丈夫です！」

「ありがとうございます！」

「いえいえ、こちらこそ、ご来店ありがとうございました」

　朝日さんが微笑んでそう応えると、彼女たちは再び顔を見合わせ、かすかに頬を赤らめた。

「ええと、あの、よかったら、お兄さんも一緒に写ってもらっていいですか？」

ひとりが唐突にそんなことを言った。私と笹森さんはびっくりして、思わず顔を見合わせる。

「突然すみません。でもあの、ごはん、とってもおいしかったので、記念にお兄さんと一緒に撮りたいなって」

「SNSに上げてもいいですか？」

「……あー」

朝日さんは笑顔のまま、1秒くらい硬直した。

でも、次の瞬間には何事もなかったかのように、いつもの少しおどけた調子で答えた。

「すみませーん、僕、写真NGなんですよ。事務所通していただいていいですか？」

朝日さんはにこにこ笑って冗談っぽく言ったけれど、どこか有無を言わせないような口調だった。

断るふりをしてからOKを出すという感じではない、これでこの話は終わり、という口ぶり。

私はなんだかどきりとして彼の横顔を見つめた。どこか硬い笑顔をしている。本当に嫌なんだろうな、無理なんだな、と思った。

隣で一緒に動向を見守っていた笹森さんも、落ち着かない様子でそわそわしている。

「ええー、そうなんですか」

お客さんの二人は、そんな朝日さんの微妙な違和感に気づくはずもなく、冗談に合わせるような雰囲気で笑った。

「お兄さん格好いいんだから、もったいないですよ」

「そうそう、顔出ししたら絶対お客さん増えますよー」

失礼だな、と思ってしまう。まるで『お夜食処あさひ』が繁盛していないみたいじゃないか。まあ確かにお客さんが多いとは言えないのかもしれないけれど。でも、ランチとか土日はけっこう忙しいのに。

「お店のインスタとかやってないんですかー？」

「……あー、そういうのはちょっと、疎くて」

朝日さんはやっぱり少しぎこちない笑みのままあしらっている。

「おいしそうなごはんとイケメンの写真投稿したら、絶対バズりますよー」

「そうですかねー？　じゃあ一旦持ち帰らせていただいて検討してみますね」

「それ絶対やらないやつですよね」

「あははっ、ばれました？」

朝日さんが悪戯っぽく笑ってみせると、彼女たちは高い声で笑った。

それでなんとなく話は一段落した雰囲気になり、「じゃあ、お会計お願いします」とひとりが言ったので、流れが変わらないうちに、と私は慌ててレジに走った。

*

彼女たちを見送ったあと、朝日さんが珍しく溜め息をついた。

私と笹森さんは、その様子にまた顔を見合わせる。

いつもとは明らかに違う、何かが起こっている、朝日さんの心が揺れている、というのが、彼の後ろ姿からひしひしと伝わってくる。

でも、なんと声をかければいいか、そもそも声をかけるべきなのかどうか分からなくて、きっとそれは笹森さんも同じで、結局私たちは気づかなかったふりで後片付けを始めた。

だって私は、朝日さんのことを、実は何も知らない。彼は明るくて快活で、いつも楽しくおしゃべりをしてくれるけれど、自分の話は全然しないのだ。

だから、朝日さんがどうしてあんな反応をしたのか、分からない。見当もつかない。心の壁というほど堅牢(けんろう)なものではないけれど、分厚いベールのようなものが、彼の周りには張り巡らされているような気がする。

たぶん彼がなるべく『見せないように』『見られないように』している何かが、その中にある。

私はテーブルの上のお皿を集めながら、朝日さんは写真が苦手なのかな、とぼんやり考える。

でもあの反応は、写真を撮られるのが嫌というより、不特定多数の目に触れる場所に公開されたら困るという感じに見えた。

その理由は、やっぱり、もちろん、分からない。

お皿をトレイにのせて、キッチンの中に戻り、シンクの中に置く。

私は『お夜食処あさひ』と出会ってから、どんな人にも、他人には見せない、見えない部分があるのだと知った。

誰もが心に空っぽの穴を抱えている。何かに飢えている。

店の外で出会う人々——学校の同級生たち、道を歩いている大人たち、電車に乗り合わせた人たち——は、みんな問題など何もなく上手に生きているように見えるのに、店にやってくるお客さんは、食べることや生きることの悩みを抱えている。

きっと外の人たちも、実際には、ただ人には見せないだけで、本当は悩んだり、苦しんだりしているのだろう。

みんな、満たされない心の空洞に、何かを詰め込んで無理やり満たして、ごまかしながら生きている。

でも、そんなことはおくびにも出さずに、普通に平穏に生きられている『ふり』をしている。

私も少し前までそうだった。

毎日普通に学校に行き、普通に授業を受けて、普通に部活に参加して、普通に塾に行って、普通に家に帰って。普通になんの問題もなく動いている機械のような生活をしていた。

でも、心の中では、毎日つらくて苦しくて、義務感のみで食べて、なんで生きているかも分からないのに生きて、常に鬱屈して、食べ物の味も分からなくなるくらいに、心も身体も限界だった。ぽっきりと折れる寸前だった。

『お夜食処あさひ』に、お昼どきでも晩ごはんでもない時間にふらっとやってくるお客さんには、そういう人が多い。誰にも見せない苦悩や葛藤を秘めたまま、ぎりぎりまで『普通に問題なく生きている』ようにふるまって、限界を迎えて、吸い寄せられるようにこの店を見つける。

朝日さんは『ごくごく普通の夜食屋』と言うけれど、やっぱりこのお店には不思議な力があって、苦しい思いを抱えて救いを求めている人が引き寄せられ、出会うべくして出会うような気がする。

「……朝日さん、大丈夫かな」

笹森さんが呟(つぶや)いた。

朝日さんは今、パントリーで明日のメニューに必要な食材を取り出している。

「心配ですね……」

彼には聞こえないように、私はぽつりと笹森さんに応えた。

でも、当の本人は、さっきまでの硬い表情など嘘のように、いつも通りの明るい顔で楽しそうに鼻唄を歌っている。

「明日はおぼろ豆腐を出そうと思ってるんだ」

私と笹森さんの視線に気づいたのか、胸に抱えた豆をこちらに見せて朝日さんは言った。

「大豆を一晩水に浸けといて、明日になったらミキサーですりつぶして、火にかけて自家製豆乳を作る。あとはにがりがあれば、簡単に豆腐が食べられるよ。できたての豆腐って、本当に旨いんだよ。小春さんと周平くんも、楽しみにしててなー」

にこにこと語る朝日さんの横顔を、私はじっと見上げる。

この人は、どんな空洞を抱えているのだろう。

それはとても深く、暗い空洞かもしれない。

それから私は、入り口のドアを見つめる。

明日はどんな空洞を抱えた人が来るだろう。

この店が、誰かにとって、いつでも、抱えた空洞の重たさを少しでもやわらげる場所であり続けられるように。

そして、もしもいつか朝日さんが、抱えきれない思いに押しつぶされそうになったり、ぽっきり折れてしまいそうになったりしたときには、その思いを吐き出せるような、寄りかかれるような場所であり続けられるように。

そのために、私は私にできることをしよう。

そんなことを思いながら、お皿を洗う。

丁寧に、丁寧に、ぴかぴかになるまで。

朝日さんが、誰かのためのさよならごはんを、気持ちよく盛りつけられるようなお皿になるように。

お客さんが、新しい明日、新しい自分を、まっさらな気持ちで迎えられるようなお皿になるように。

2
章
食べるのが怖い

2．0　野菜ジュースと栄養ドリンク

毎朝恒例の満員電車に揺られていたら、胸のあたりがむかむかしてきた。はあ、と息を吐いてみたものの、変わりはない。今日もだめだなと思う。いつものことだ。通勤電車に乗ると、毎回吐きそうになる。

家を出るとき5、6粒まとめて口に放り込んでおいたミントタブレットを、舌の上にのせてゆっくりと溶かしていく。喉から鼻につんと抜ける香り。

電車に乗る前に耳の穴に突っ込んでおいたイヤホンとスマートフォンを接続し、保存してある清流と葉擦れの音を流し聞く。

そうやって工夫を凝らし、なんとか少しでも爽やかで涼しげな気持ちになることで、襲ってくる吐き気をごまかす。これが俺の毎朝のルーティンだ。

つり革は遠くてつかめないので、ただひたすら自分の体幹のみで電車の揺れに耐える。揺れるたびに周囲の乗客の身体が密着度と圧を増して押し寄せてきて、知らぬ間に全身が硬直する。

前にも後ろにも右にも左にも人がいる。逃げ道を奪われたような気持ちになる。もしも今、電車が脱線したり、無差別テロが起こったりしたら、逃げることもできずに死を受け入れるしかないだろうな、などとぼんやり想像して、その想像でさらに精神を削られる。

やっと会社の最寄り駅に着いた。この段階ですでに、マラソンでも走り終えたあとなのかというレベルでへとへとに疲れている。今から仕事だなんて、考えたくもない。だから頭に真っ白な靄(もや)をかけて、ただただ足を動かす。

ドアに向かう人の波に乗って電車を降り、ホームに立つ。そのまま波に流されて改札へ。

駅から10分ほど歩いたところに俺の勤める電気部品メーカーがある。学生の頃は30分でも1時間でも平気で歩いていたのに、出勤のためのこの10分間の道程は、永遠に終わらない旅路のように感じてしまう。

眠い。だるい。

動きたくない。でも動かないといけない。

いちおう最低6時間は睡眠時間を確保しているはずなのに、なんでこんなに毎日寝足りないんだろう。寝付きも悪いし、夜中に何度も目が覚めるせいだろうか。一体どうすればいいんだ。

とにかく毎日、朝起きた瞬間から、底なしの泥沼にはまったみたいに身体が重くて、自分の身体なのに言うことを聞かない。

駅の近くにあるコンビニに立ち寄る。これもルーティンだ。

満員電車に疲弊した心と身体で直接会社に向かうと、そのまま全ての気力が持っていかれて絶対に夜まで保たない。だからここで昼食を確保しがてら、多少なりとも気持ちをリセットしようという魂胆だ。最近は上手くいったためしがないが。

初めはそうやってごまかしていればなんとか乗り切れていたのだ。一晩寝ればそれなりに回復して、朝になれば、やる気いっぱいとまではいかなくても、「まあ、今日もなんとか頑張るかあ」くらいには思えていた。

でも、入社して約1年、だんだん慣れてくるかと思いきや、むしろどんどん疲れが溜まってきている気がする。日々の疲れが全身くまなくこびりつき、内臓の中にまで侵食して、蓄積して、俺を内側から蝕み、気力を削ぎ落とし、もはや一日をやり過ごすことすら多大な困難を伴うほどにまで悪化している。

これからあと40年くらいこんな日々が続くのか。そんなことをふと思って、ぞっと背筋が寒くなった。1年でこんなに疲弊しきっているのに、本当にあと何十年もこんな生活を続けられるのか？

無理だ。やっぱり俺には無理なんだ。

……でも、アレさえなければ、大丈夫かもしれない。

もうずっと昔から、10年以上も、俺を悩ませ続けているアレ。

アレが治れば――治るものなのかは分からないが――、アレさえなくなれば、もっとまともな生活ができるんじゃないか。いや、絶対にそうだ。

少なくとも身体はもっと楽になるはずだし、精神的なストレスもかなり軽減されるはずだ。こんなに毎日毎日泥のような疲れにまとわりつかれたりしないに違いない。

だけど、アレを治すのは、それこそ絶対に無理だ。

治せるものなら俺だって治したい、俺がいちばん治したいと思っている、でもできないものはできないのだ。

つまり、そもそも俺には社会人なんて無理だったんだ。

もう、なんのために働いているのか、なんのために生きているのか、分からない。

分からないのに、毎日毎日会社に行っている。

いったい俺の人生ってなんなんだろう。

そんな、意味もないことを考えながら、コンビニでいつもの昼食のメンツを手にとっていく。毎日同じものを買っているので、頭が空っぽでもミッションクリアできるほどだ。

「……これを昼飯って呼んでいいのかは謎だけど」

手の中のものを見下ろし、思わず自嘲的にそう呟いたら、近くに立っていた若い男がぱっとこちらを見た。

しまった、声に出ていたか。

俺は相手の顔も確かめずに軽く頭を下げ、そそくさとレジに向かった。

*

「城之内(じょうのうち)くん、大丈夫？」

唐突に隣から声をかけられて、俺ははっとそちらへ目を向ける。

何かおかしなことをしてしまっただろうか、変に思われるような行動をしていただろうか。とっさにそんな思考にとらわれたものの、思い返してみても、俺はただパソコンでひたすらデータ入力をしていただけだ。不自然なことなどなかったはずだ。

隣のデスクには、同期の花見沢（はなみざわ）さんが座っている。そして、少し眉根を寄せてこちらを見ている。

「いや、えっと……何か、」

変だった？　と訊ね返そうと思ったけれど、その訊（き）き方もおかしい気がして、途中で口を閉ざした。

花見沢さんは窺（うかが）うようにじいっと俺を見つめ、

「顔色が悪いよ、すっごく。具合が悪いんじゃない？」

と言った。

「えっ？　そうかな、そんなことないんだけど、全然まったく」

俺は思わず早口で即答し、逆に不自然になってしまったんじゃないかと、気が気ではなくなった。こういう場合、自覚がないというアピールのためには、何を言っているんだという顔で戸惑ってみせたり、鏡を確認したりするほうが自然だろう。

体調がよくない自覚があるからこそ、焦ってごまかそうとして前のめりになってしまった。

ああ、失敗した。どうしてこういつもいつも上手くやれないんだろう。

「本当に大丈夫？」

花見沢さんはまだ少し疑わしげな目で俺を見ていた。

「ていうか、城之内くん、ちゃんと食べてる？　なんか、どんどん……」

そこで一瞬彼女は口をつぐみ、「こんなこと言うのよくないって分かってるんだけど、心配すぎて」と前置きをしてから、囁（ささや）くような声で、

「城之内くん、どんどん細くというか、薄くなってる気がするんだけど……ちゃんとごはん食べられてる？」

俺はごくりと唾を飲み込む。いちばん言われたくないことだった。

「たっ、食べてるよ、全然普通に食べてる。食べても太りにくい体質なんだ、昔から……」

必死にごまかし笑いを浮かべてそう答える。

「そうなの？　それならいいんだけど」

花見沢さんは小さく頷き、それから眉を下げて、

「失礼なこと言ってごめんね」

と申し訳なさそうに謝ってきた。

俺は驚いて目を見開く。

「え、え、全然失礼なんて思ってないよ」

「そう？　痩せてる人って、体形のこと言われたり、細すぎるって言われたりするの嫌だって聞いたから……」

「いやいや、全然そんな、気にしないでいいよ」

たしかに俺はもともと筋肉も脂肪もつきにくく、我ながらひょろひょろの、まさにもやしみたいな体形をしている。でもそれは自覚しているので、もちろん指摘されて嬉しいとは言わないが、失礼だとか嫌だとかまでは思わない。

「ならよかった……ちょっとほっとした」

花見沢さんが少し照れたように笑う。

「ていうか、うらやましいなあ、食べても太らないとか。ほんとにそんな人いるんだ

ね。私なんて、食べたら食べただけ太っちゃうし。それどころか、そんなに食べてない気がするのに太ったりするし。困っちゃうよ」

彼女は冗談のように笑って言ったけれど、俺はどう応えればいいか分からず、とりあえず当たり障りのない笑みを浮かべた。体形に関する自虐は、そのまま受け取ってもいけないし、下手に慰めてもいけないし、難しい。

たしかに花見沢さんは、同年代の女性の平均的な体形に比べると、若干ふくよかな印象はあった。いつも明るく快活な彼女は、それを気にしている様子はないと思っていたけれど、やはり気にしていたのか。

そうなると、痛いところを突かれないように、自己防衛のために、『食べても太りにくい体質』だなんて、言わなくてもいいことをわざわざ口にしてしまった自分が嫌になる。自分を守るために、なんの非もない、心配してくれただけの彼女を傷つけるようなことを言ってしまったのだ。

ああもう、本当に、何をしてもだめだ。どうして俺はこうなんだ。

「なんか、ごめん……」

はっきり理由を告げたらそれはそれで傷つけるおそれがある気がして、曖昧な謝り方になってしまった。

それでも花見沢さんは俺の意図を察してくれたようで、

「なんで謝るの。城之内くんってほんと気遣い屋さんだね」

と笑った。

――お前はなんでも気にしすぎなんだよ。

ふとそんな言葉が甦（よみがえ）る。

――いっつもきょろきょろ、おどおどして、まったく情けない。

本当に女々しいやつだ。男なんだから、もっと胸張ってどっしり構えていろ。

そしたら自（おの）ずとなんでも上手くいくんだ。

いつでも周りの目を気にして、言いたいことも言えず、やりたいこともできず、窮屈な思いばかりの学校を休みがちだった俺に、父親はよく苛々（いらいら）したようにそう言った。

でも、俺の筋金入りの気にしいな性格は母譲りで、どうしようもない。どうしようもないことをこんこんと説教されて項垂（うなだ）れる俺を見て、やはり気にしいで父には逆らえない母親は、気の毒そうな表情をしつつも、いつもただじっと横に座っているだけだった。

一度くらいかばってくれたっていいのに。そんなふうに思わないでもなかったが、父のような高圧的で頑固な考えの持ち主に反論できない母の気持ちはよく分かったので、仕方がないと自分を納得させていた。

こういうふうにいつも周囲からの視線を気にしてしまうこととアレは、何か関係があるような気がする。たぶん大いにあるだろう。

でも、根っからの性格を変えることなどできないのだから、やはりアレも一生治らないんだろうな。

「あ、そうだ」

ふと花見沢さんが軽く手を叩(たた)いた。

それで現実に引き戻された俺は、慌てて彼女に目を戻す。

「さっき他部署の同期の子たちと話してて、今日のお昼、みんなでランチに行こうって話になったんだけど、城之内くんもどうかな」

ランチ、という言葉が彼女の口から飛び出したとたん、胃がぎゅうっと捻(ねじ)れたように悲鳴をあげた。

「……あ、いや、せっかくだけど、昼飯買ってきちゃったから……」

俺は無意識に、机の上に置いたコンビニの袋に一瞬目を向ける。

「ああ、そっかあ、それならしょうがないね」

花見沢さんの視線もつられたように袋のほうへ向けられたので、中身が透けて見えてしまっているんじゃないかと不安になり、片付けるふうを装って袋をデスクの横に移動させた。

「うん、でも、誘ってくれてありがとう」

こういうとき、『普通』なら、『残念だけどまたの機会に』だとか、『また今度誘ってね』だとか応えるものだろう。それが常識的なふるまいだし、誘ってもらったくせにそういうことを言わないだけで、コミュ障だと思われそうだ。

でも俺の場合、分かっていても、それだけは、口が裂けても言えない。また誘われたら困るからだ。

みんなと親交を深めたくない人間嫌い、というわけではない。むしろなるべく良好な関係を築きたいと思っている。

でも、そこに食事が絡むのだけは勘弁してほしいのだ。

*

　昼休みになると、ほとんどの社員は社内の食堂か、近場の飲食店へと昼食をとりに出る。

　手作り弁当を持ってきたり、コンビニなどで弁当を買ってきたりする人ももちろんいるが、かなり少数派だ。

　なので、昼時になると一気に部内はしんとする。

　幸運なことに、近い席の人たちはみんないつも外に食べに出てくれる。上司や先輩のうちの数人が、離れた席でおそらく愛妻弁当を食べているものの、彼らからは俺の動向は視認できない位置関係だ。

　誰の視界にも入っていないのをいいことに、俺はいつも、仕事のキリが悪いような顔をして、パソコンをかたかたいわせながら、片手間で昼食を食べている『ふり』をする。

　でも実際には、飲み物しか摂取していない。コンビニの袋に入っているのは、野菜ジュースと栄養ドリンクだ。

腹には溜まらないが、せめて栄養だけはとらないと身体がもたないから、コンビニで買える飲み物の中でいちばん栄養価の高そうな組み合わせにしている。

腹は減っているが、食べ物は食べられない。

俺は、人と一緒に食べることができない。

同じテーブルを囲むのが無理というだけでなく、人前で、つまり人の目がある場所で何かを食べることができない。

人の目には、知り合いの目も、知り合いじゃない人の目も含まれる。

同僚と一緒にランチどころか、ひとりでファミレスや喫茶店に入って食事をするのも無理なのだ。

物理的に食べられないということではない。たとえば餓死寸前だったり、無理矢理口の中に食べ物を突っ込まれたりしたら、一口も食べられないということはないと思う。

ただ、食べるのが怖い。

人前で食事をしないといけないシチュエーションになると、耐えがたい不安と恐怖に襲われる。

たとえば翌日に誰かと外食をする約束があるとすると、前日からそれを想像するだけで不安になり、緊張して、恐怖に包まれ、家でひとりでもまともに食べられない、眠れないという状態になってしまう。

そしていざ人前で食事をする段になると、目の前の食べ物を見て、絶望的な気分になる。全部食べきれないかもしれない、気持ちが悪くなって吐いてしまうかもしれない、食べ物を喉に詰まらせてしまうかもしれない。そんな思いに取り憑かれたようになってしまい、食事の席につくのもつらいし、なんとか食べ物を口に入れても、なかなか飲み込めない。

そんな状態だから、なんとしても会食や外食を避けるようになる。

どうしてこんなことになってしまったのか、何が原因なのか、自分でもはっきりとは分からない。

たぶん、色んな原因が絡まり合って、ある出来事がきっかけで爆発してしまったのだと思う。

物心つく前からずっと偏食で少食だった俺は、用意された食事を食べきれないことがよくあり、そのたびに父から『食べ物を残すな！』と厳しく叱られた。

『食べ物を粗末にしたら罰（ばち）が当たる』

『母さんがせっかく作ってくれたのに申し訳ないと思わないのか』

そう説教されるたびに、自分が悪いのだと、自分はだめ人間なのだと思い知らされた。

小学校でも、完食指導とまではいかなかったが、給食を残すことは悪というような風潮があった。

『給食を作ってくれた人に感謝の心を持ちましょう』

『世界には満足に食べられなくて飢えている人がたくさんいるのだから、むやみに残してはいけません』

そういうことを言われると、いつも食べ残してしまう俺は、本当に人でなしの冷酷人間だという気がしてきた。

給食の時間が、いちばん憂鬱だった。給食係の人に『少なめにして』と頼みたかったけれど、女子は少なめにしてよくても、男子は頼みづらい空気があった。

いや、もちろん平気で頼んでいる男子もいたから、俺が父親からいつも『少食な男は情けない』と言われていたせいで、そんなふうに感じていたのかもしれない。変なプライドが邪魔をしたというか、『女々しい男と思われてはいけない』という強迫観念のようなものがあった。

いつも昼休み時間が終わるぎりぎりまでかけて、なんとか食べ物を詰め込んでいた。午前授業の日は給食がないという理由で大喜びだった。

でもその頃はまだ、気重ではあるものの普通に人前でも食べられていた。
それがある日を境に、ほとんど食べられなくなったのだ。
きっかけは5年生のとき、給食の時間に、みんなの前で、嘔吐してしまったことだった。

友達としゃべりながら食べていたら、パンか何かが気管に入ってしまったらしく、盛大に噎せた。激しい咳を何度も繰り返し、無事にパンは食道へおさまってくれたものの、咳のせいで吐いてしまったのだ。

俺は小さい頃から咳き込むと嘔吐しやすい体質で、風邪を引いて咳がひどくなると、しょっちゅう吐いていた。でもそれは夜寝ているときだけで、昼間に学校で嘔吐してしまったのは初めてだった。

牛乳を飲んでいたから、吐いたものが白かったのを妙にはっきり覚えている。子どもは残酷だ。クラスのみんなは、ぎゃあぎゃあ叫んだり、きゃあきゃあ逃げ回ったり、汚い汚いと喚いたり、大変な騒ぎだった。

その騒ぎの真ん中で、俺は泣きながらへたり込んでいた。牛乳くさい吐瀉物を、絶望的な気持ちで眺めていた。

そのあとどうなったかは、まったく覚えていない。ショックすぎて記憶が飛んだらしい。

ただ翌日以降、からかわれたりだとか、いじめられたりだとか、そういうことは特になかった。小学生が学校で吐いてしまうというのはそれほど珍しいことでもないし、みんなにとっては、その瞬間は大事だけれど、過ぎてしまえば大した出来事でもなかったのだろう。

それでも、俺にとっては、忘れられない悪夢のような出来事になった。

翌日から俺は、食べたら吐いてしまうかも、という恐怖に取り憑かれ、給食を食べられなくなった。

食べているふりだけして、牛乳を飲んだり、味噌汁やスープを一口二口すすったりするだけで、あとは全部残飯の容器に捨てた。

それは中学生になっても変わらず、給食は食べないものという認識になった。

朝も弱くてあまり食べられなかったので、まともな食事は夜だけになり、その頃からさらに少食が加速したように思う。

修学旅行は全部休んだ。

もちろん本当は行きたかった、行きたかったけれど、行けなかった。何日もの間、三食ずっと人前で食事をしないといけないと考えるだけで胃が痛くなり、心臓がばくばくして、どうしても無理だった。

学校行事に参加できないくらいなら、まだいい。でも、人と一緒に食事ができないというだけで、すべての人間関係にまで悪影響が生じた。

たとえば友達と遊びに行くとなると、常に食事の問題がつきまとう。だいたいは午前中に待ち合わせて昼食をはさんで遊んだり、3時くらいから遊んで夕飯を食べて解散、というようなスケジュールが組まれがちだ。

だから俺はいつも、家の用事があるだのなんだの言って、昼食が終わったあとの時間から途中参加したり、門限があるなどと言って夕方には抜けたりしていた。

いつもそんな理由で遅刻したり早抜けしたりしていたら、付き合いが悪いと思われたのか、忙しそうだからと遠慮されたのか分からないが、あまり誘われなくなった。だんだん友達が減っていった。

そんな状態では、恋愛なんてもってのほかだった。デートといえば食事というイメージが強くて、俺には恋愛そのものが無理だと思った。たとえ好きな人ができても、告白するどころか、付き合いたいという気持ちすら生じなかった。デートが怖いからだ。

大学生になり、進路を考える時期になったとき、『自分みたいに給食で嫌な思いをしている子どもがいるかもしれない。そんな子どものために、小学校の先生になりたい』とふと思った。

でも、よく考えたら小学校の先生は児童と一緒に給食を食べないといけないということに気づいた。それであっさり諦めた。諦めるしかなかった。

普通の会社に就職すれば、強制的に人と一緒に食事をしなければならないこともないだろう、それならば俺でもやっていけるはずと考え、一般企業で就活をして、今の会社に入った。

しかし、会社員になってからも、常に人との食事はつきまとった。

飲み会があるというのはもちろん想定の範囲内だった。飲み会に誘われたら、アルコールが飲めないとか、大勢いる場は苦手だとか、用事があるだとかなんとか言って、適当に断ればいいと思っていた。

大学時代ももちろん飲み会に誘われることはあったけれど、そういう理由を告げて断っていた。忘年会や歓送迎会のような断りにくい飲み会には何度か出たことがあったものの、飲み会では大皿料理を取り分ける形式が多く、定食のようにひとり分が決まっていないので気が楽で、しかもみんな酔っぱらっているから他人の皿など見ていないし、飲み会の間ずっと食べずに飲んでいるだけでも、誰にも気づかれずにすんだ。だから、会社勤めをするようになっても、飲み会ならなんとか乗り切れるだろうと思っていたのだ。

ところが、社会はそんなに甘くなかった。今日のようにみんなでランチに行くだとか、残業中にみんなで晩ごはんを食べに行くだとか、思いの外、接待や会食の誘いが多かったのだ。しかも飲み会と違い、普通、食事に誘われて断る人はあまりいない。もし断ることが続くと、人付き合いをしたくない人間、というような印象を持たれるようで、だんだん周囲の目がつらくなってきた。

疎まれているとまでは言わないが、付き合いが悪い、扱いづらいやつと思われているような気がする。

俺はただ人と一緒にごはんを食べないだけだ。それ以外の会話などは普通にしているつもりだ。それなのに、食事問題だけで、なんでこんなことになってしまうのか。

たかが食事、されど食事。

食事の誘いを断ることは、人付き合いを断ることとほとんど同義なのだ。

人と一緒にテーブルを囲めないという一点のみによって、俺は人とまともに関わることができなくなってしまった。

きっと俺は一生このまま、誰かと一緒に食べることなどできない。

そして誰かと一緒に生きることもできないのだ。

＊

今朝もいつもと同じくコンビニに立ち寄る。

買うのはもちろん栄養ドリンク、野菜ジュース、たまに豆乳も買うことがある。食べられなくてもせめてたんぱく質をとったほうがいいという考えからだ。

でも、給食で牛乳を吐いてしまったトラウマがあるから、人前で牛乳を飲むのは無理で、見た目が似ている豆乳も苦手だった。明らかに栄養不足でふらふらしているような自覚があるときだけ、補給のために買っている。

「――毎日それだよなあ」

「え……っ」

急に話しかけられて、俺は飛び上がりそうなほど驚いた。

ぱっと振り向いた先には、若い男がいた。同じ年ごろか、少し年上だろうか。

服装はラフで、でも部屋着ではなく外出着のようなので、少なくともスーツが必須の会社に勤めている人ではないのだろうと思う。

なんにせよ、覚えのない人物だった。

「……あの、すみません、どこかでお会いしましたっけ……」

男は俺の顔を柔らかい表情でじっと見つめ、

「いや、話すのは初めてですね」

と、どこか飄々（ひょうひょう）とした調子で答えた。

「急にすみませんね、びっくりさせちゃって。話したことはないけど、よく会ってるんですよ。たぶんいつも出勤の時間が同じで、毎朝このコンビニで」

「あ……そうだったんですね」

それは理解したが、なぜ急に話しかけられたのかが分からない。

ぽかんと見返していると、男が口角を上げた。

「で、あなた毎日そればっか買ってるなって」

男が指差した先には、俺が手にしている栄養ドリンクと野菜ジュースがある。

「それ、今飲むやつ？」

なぜほとんど初対面の人間からそんなことを訊かれるのか、怪訝（けげん）に思いつつも答える。

「あ、いえ、お昼に……」

「ふうん……。他には？　弁当持参？」

「…………」

俺は一瞬、言葉に詰まった。

「……そんなようなものです」

そう答えながら、俺は嘘ばかりの人間だなと思う。

人前で食べるのが怖いというのを隠すために、どんどん嘘が増え、ごまかしが上手くなった。今や見事に嘘で塗り固められた人間だ。

どうしてこんなことになっちゃったんだろうな。

虚(むな)しい気持ちで、「失礼します」と頭を下げ、急いで男の前を離れる。

背中に視線を感じたけれど、気づかないふりをした。

*

ああ、どうしよう、どうしよう。

頭の中はそれでいっぱいだった。

まさか、飲み会に強制連行されることになるなんて。

まったく心の準備をしていなかったから、動揺と混乱でどうにかなりそうだった。

「城之内くん、今日こそ付き合ってもらうぞ！」

直属の課長が、仕事終わりに突然笑顔でそう言い出したのだ。

なんでも、以前から俺と酒を酌み交わして親睦を深めたいと思っていた、らしい。

「やっぱり会社で仕事の話をしてるだけじゃ本当の信頼関係は築けないからな。城之内くんは無口で、まあなんていうか、こういう言い方はよくないが、何を考えてるか分からないところがあるから、周りも変に気を遣ってしまう。それじゃあ仕事にもよくない影響がある。酒が入れば話しやすくなるだろうし、今日の飲み会にはなんとしても参加してもらうぞ！」

そんなことを急に言われても困る、と視線を泳がせていたら、面倒見のいい教育係の先輩が、困った笑顔で首を横に振った。諦めろ、と言っているようだった。

あとからこっそりと、

「あの人、一度言い出すと聞かないから……」

と声をかけてくれた。

「まあ、用事とかあるなら、とりあえず最初だけ顔出して、ちょこっと話して、ささっと帰っちゃえばいいよ。あとはこっちで適当にごまかしとくから。な？」

新人の分際でそんなふうに、お世話になっている先輩にまで気を遣わせている自分が情けなくなり、つい頷いてしまった。

でも、会社を出て店に向かう途中で、急速に不安が膨れ上がり、胃がむかむかしてきた。頭痛も吐き気もひどい。何度も「おえっ」と小さくえずいた。

まだ飲んでいないのに、すでに二日酔いみたいな状態だ。

指定された居酒屋が見えてきた。

いつの間にかきつく握りしめていた手のひらが、汗でじっとりと濡れている。額にも脂汗が浮いているのが分かる。

どうしよう、どうしよう、どうしよう。

行きたくない、行きたくない、行きたくない。

帰りたい、帰りたい、帰りたい。

脚が震えて、上手く歩けない。何度もつまずきながら、なんとか店内に入る。

案内された席に座る。目の前にお通しの皿があり、その向こうに課長が座った。ばくっと心臓が跳ねる。

膝に置いた手が震えている。くらりとめまいがする。

乾杯のビールが運ばれてきた。飲み物はまだ大丈夫だ。

このままビールだけちびちび飲んで、やりすごせないだろうか。

「城之内くんに乾杯！」

課長がジョッキをかかげてそう言うと、みんながわあっと声を上げ拍手をした。

いつも不参加の俺が珍しく出席しているからか、みんなが気を遣ってくれているのが分かる。

それは申し訳ないし、ありがたくもあるのだが、俺にとっては食事の場で注目されることは生き地獄に等しい。

目立たないように隅っこに座って、こそこそと一口二口食べるくらいならなんとかなるかも、と画策していたのに、まったく逆の状況になってしまっている。

もう無理だ。

食べるしかない。

人前でも、たとえば豆など、一口でぱくっと食べられるようなものはわりと食べやすい。

俺は目の前の皿を見つめる。

３種類の前菜が一皿に盛り付けられており、見たところ、冷奴（ひややっこ）と、カルパッチョ風の蛸の刺身、豚の角煮のようだった。蛸も豚バラ肉も、上手く嚙みきれない可能性、喉に詰まる可能性がある食材だ。そういうものが自分にはいちばんハードルが高い。

冷奴なら、いけるかもしれない。約5センチ角の大きさで、箸で半分にすれば一口サイズになる。いや、念のために3分の1くらいにしたほうがいいか。

それならぱっと口に含みやすいし、軟らかいから食べやすい。

いけるかも……。いや、いくしかない。

豆腐に箸を入れて、小さく切り取る。

鼓動が激しくなってきた。

箸先でつまみ、ゆっくりと持ち上げる。

口許まで運ぶ間に、さらに鼓動は激しくなり、冷や汗がこめかみから顎へ伝い、手も震え、今にも落としてしまいそうで、やばいやばいとさらに焦りが膨らむ。

しかし、なんとか無事に口に含むことができた。

ほっと肩の力を抜いた、そのときだった。

「なんだ城之内くん！　ずいぶんお上品な食い方だなあ」

課長が笑いながら言った。

みんながどっと笑った。

さあっと血の気が引いた。

次の瞬間、全身の血が沸騰した。

ぐわっと吐き気が込み上げて、俺は手で口を押さえながら立ち上がった。

そのままトイレへ直行する。

鍵をかける余裕もなく、便器にすがりつくようにして倒れ込んだ。

「おええ……っ」

朝から何も食べていないので、出たのは黄色い胃液だけだった。喉がひりひりして、口が苦くて酸っぱくて、最悪の気分だ。

吐きながら、涙が込み上げてきた。

悲しいのか、悔しいのか、なんだかもうよく分からない。

＊

洗面台で口をすすぎ、よろよろとトイレを出た。

「城之内くん！　大丈夫……？」

トイレ前の通路に、花見沢さんが立っていた。

たまたまかと思ったが、どうやら待っていてくれたらしい。そういえば彼女は近くに座っていたから、一部始終を見ていたのだろう。

俺は正直、花見沢さんに、好意的な感情を抱いていた。明るくて朗らかで、俺みたいな暗いやつにも気さくに話しかけてくれて、少し体調が悪いとすぐに気づいて声をかけてくれるくらい優しくて、そして何より、笑顔が可愛(かわい)い。

自分には恋愛は無理だと分かっているから、誰かにそういう感情は持たないように心がけているものの、やっぱり気になってしまう人というのはいる。

花見沢さんは、入社してからずっと、気になる存在だった。好きだとか付き合いたいだとか、そういう明確な想いではないけれど、気づけばいつも俺の鼓膜は彼女の声を拾い、視界に入ればいつの間にか彼女の姿にピントを合わせていた。

だからこそ、彼女にだけは、知られたくなかった。見られたくなかった。

今、俺は人生でいちばん情けない瞬間を迎えている。

「戻れそう……？」

花見沢さんが気遣わしげに訊ねてくる。

俺はもはや見栄を張る気力もなく、うつむいたまま、ふるふると首を横に振った。

「分かった」

彼女はそう言い、小走りに去っていった。

俺はずるずると壁にもたれ、完全に終わったな、と思う。

始まってもなかったし、始めるつもりもなかったけれど、やっぱり『終わった』と思う。

なんで飲み会に来てしまったんだろう。来なければ、まだ終わらずにすんだかもしれないのに。まあ、でも、どうせいつか終わるんだから、少しでも早いほうが傷は浅いか。

そんなことを思うくらいには、彼女への想いは深くなっていたらしい。やっぱり早いほうがよかったな。

「城之内くん、大丈夫？　荷物これだよね」

ぱたぱたと駆け寄ってくる花見沢さんに気づき、俺は驚きのあまり「えっ」と声を上げてしまった。

てっきり酒席に戻ったと思ったのに、まさか俺の荷物を持ってきてくれるとは、予想もしていなかった。

なんて気がきく人だろう。そして優しい人だろう。

俺は荷物を受けとりながら、

「あっ、ごめん、本当に、ありがとう……じゃ、帰ります」

これ以上彼女と一緒にいたら、終わったはずの感情が甦ってしまいそうなので、早口にそう告げた。

「うん、行こうか」

「……えっ？」

にこやかに言った彼女は、トートバッグとトレンチコートを抱えていた。

「えっ、花見沢さんも帰るの？ 用事？」

思わず訊ねると、彼女はおかしそうに笑った。

「ううん、城之内くんと一緒に帰ろうと思って」

「……へえ……」

なんで俺なんかと、とは訊けなかった。

ただ、たまたま彼女も帰ろうと思っていて、タイミングがかぶっただけかもしれないのだ。だとしたら、そういう質問は自意識過剰すぎて恥ずかしい。

「城之内くんは具合が悪いみたいだから帰ったほうがいいと思います、駅まで連れていきますって先輩に伝えといたから、このままお店出て大丈夫だよ」

「あ、ありがとう……」

俺は花見沢さんと肩を並べて店を出た。

ビールは乾杯のときにジョッキの3分の1ほどを飲んだだけなのに、空きっ腹に流し込んだせいか、すでに酔いが回っているような感覚で、足許がおぼつかない。

ふらふらと歩いていたら、

「大丈夫？　気分悪い？」

花見沢さんが心配そうに問いかけてくる。俺はどこまでも自分が情けなく、「大丈夫」と答えたものの、その声には我ながらまったく力がなかった。

「無理しないほうがいいよ。顔、真っ青だよ。どこか、ゆっくりできそうなお店でちょっと休んでから帰ろう」

「う、ごめん……」

食事をまともにとれていないせいか、このところずっと体調がすぐれず、体力も落ちきって、夜になるといつもふらついてしまうのだ。そこにアルコールまで加わって、たしかにこの状態では駅までたどり着ける気がしなかった。

「でも私、あんまりこのへんのお店知らないんだよね……どこかよさそうなお店あるかな」

花見沢さんがきょろきょろと視線を巡らせる。

俺も同じように周囲を見回して、道路の向かい側にある1軒の店に、目が吸い寄せられるような感覚に陥った。

一見すると、店なのかどうか、店だとしてもなんの店なのか分からない、不思議な外観だった。なんせ看板らしきものがないのだ。いや、おそらくあれが看板だろうと思われるものはあった。でも、存在感が薄すぎるし、字も小さすぎて、この距離からは店名が読み取れない。

「ん、あのお店?」

俺の視線に気づいた彼女もその店に目を向け、それから小首をかしげて俺を見上げた。

「行ってみる？」

「……うん、行こう」

気がつくとそう答えていた。

そして同時に足が動き出し、車道を渡るために、横断歩道へと向かう。

身体が勝手にあの店に行くことを求めているかのようだった。

店の前に立つ。

小窓があって、店内が少し見えた。カウンターとテーブル。奥にはキッチン。料理屋のようだ。

『お夜食処あさひ』

小さな看板を覗き込んでみると、そう書かれていた。

「夜食……」

俺が小さく呟いた瞬間、

「いらっしゃいませ」

柔らかい声と同時に、入り口のドアが開いた。

はっとして目を上げる。

隣で花見沢さんも同じ動きをした。

「どうぞ、お入りください」

店のドアを大きく開いてそこに軽くもたれ、俺たちを迎え入れるように右腕をふわりと上げているのは、今朝コンビニで話しかけてきた男だった。

「小腹が空いてませんか？　しがない夜食専門店ですけど、よかったら何か食べていってください」

真夜中のように静かで、朝日のように優しい声。

俺と花見沢さんは、まるで吸い込まれるように、その店に足を踏み入れた。

料理を頼まなくてもいい喫茶店以外の店は、全力で避けてきた。そんな俺が、自ら料理店に入るなんて、信じられないことだった。

2.1　ペパーミントとカモミール

この人はお店に呼ばれてきたお客さんだ、というのは、なぜだかすぐに分かる。

普通にごはんを食べにきたお客さんとは、何かが明らかに違う。

雰囲気というか、空気感というか、身にまとうものが独特なのだ。

地上につながれていた紐(ひも)が切れてしまった風船のような、よるべない、心許ない雰囲気。

今思えば、若葉ちゃんも、凌真くんも、笹森さんも、そういう空気をまとっていた。私もそうだったのかもしれない。

だから、その二人がドアから入ってきたとたん、きっとこの人たちも空洞を抱えているのだろうと思った。

男性の方は、とても細くて小柄で、顔色は青白く、あまり生気を感じられない、なんだか迷子の仔猫(こねこ)みたいな印象の人だ。

女性の方は、明るく快活で生命力に溢れた印象の人だけれど、なんとなく無理に気を張っているような感じもあった。

　みんな外から見える姿とは違う、何かを内に秘めている。この店でそれを知ってから私は、この人はどんな本当の気持ちを抱えているのだろう、本当はどんな人なんだろう、そんな目で人を見るようになった。

　うがった見方、というやつなのかもしれない。でも、そうしないと気づけないものがきっとある。

　朝日さんはたぶん、これまでずっと、人はみんな何かを秘めているという視点で世界を見つめてきたのだろうと思う。

　だから、何かを抱えたまま限界まで耐えて倒れそうになっている人を、すぐに見つけて、手を差し伸べることができるのだ。

　私も、そうやって、見つけてもらえた。

　そうして救われた私が、隠された気持ちを見つけようとする朝日さんの眼差しを真(ま)似(ね)して、凌真くんを見つけることができた。

　凌真くんの弾(はじ)けるような笑顔を見られるようになったのは、あのときあの子を見つけて、手を差し伸べる勇気を出せたからだ。朝日さんが、そうすることを教えてくれたから。

「いらっしゃいませ、こんばんは、店主の朝日です。お名前、うかがってもいいですか？」

　朝日さんに導かれてカウンター席に並んで腰かけたものの、二人はどこか戸惑いを隠せない様子だった。

　先に女性のほうが会釈をして、

「私は花見沢で、こちらは城之内です。会社の同僚です」

と教えてくれた。隣の彼もぺこりと頭を下げ、「城之内です」と言った。

「こんばんは、いらっしゃいませ」

　私がまっすぐに目を見ながらそう声をかけると、城之内さんは「こんばんは」と応えてくれつつも、少し戸惑ったような、気まずそうな表情で視線を泳がせた。

　じっと見られることが苦手なのかな、という気がしたので、注意を向けつつも必要以上に直視はしないように気をつけることにする。

　視線で負担をかけないように、私はキャベツの千切り作業に戻った。

　千切りは単純だけれどなかなか難しい。油断するとすぐに太くなってしまう。さく、さく、さく、とゆっくり、丁寧に切っていく。

「何か食べたいものとかある？」

朝日さんの軽やかな問いに、花見沢さんは首を巡らせた。

「ええと、あの、メニューとかは……」

「あー、ごめん、フツーの夜食屋だけど、メニューとかはないんだ。何かこういうの食べたいってリクエストがあれば、店にある材料で作れるものならなんでも作るよ」

「あー、なるほど。そうですね……」

花見沢さんはお腹のあたりに手を当て、ぐるぐると撫で回した。

「うーんと、ええと、なんだろうなあ……」

薄い笑みを浮かべ、目を泳がせて彼女は首をひねる。

何をリクエストするか悩んでいるというよりは、口に出していいかを迷っているように見えた。

食べたいものがあるのに、言えないのかな。なんとなくだけれど、そう思う。

「城之内くんはどう？　何食べたい？」

突然訊かれて、彼はびくりと肩を震わせた。

「えっ、えっと、いや、俺は、いいかな……」

高架下にあるこの店は、頭上を電車が通るときにはかなりの轟音(ごうおん)が響き渡るけれど、それ以外のときは、防音性が高いのでむしろ普通のお店よりずっと静かだ。

だから、城之内さんのお腹がぐうう、と鳴る音が、私の耳にも届いた。

私よりも近くにいる花見沢さんや朝日さんには、もちろんはっきり聞こえただろう。

「……お腹すいてるんだよね。お昼も食べてなかったでしょ」

花見沢さんが静かに言った。

城之内さんがはっとしたように彼女を見る。

「ごめん、城之内くんが持ってきたコンビニの袋、飲み物しか入ってないのが、透けて見えてて……最近のレジ袋って薄いから」

花見沢さんは申し訳なさそうに謝る。

「最近ずっと具合悪そうだし、どんどん痩せてくし、ちゃんと食べてるのかなってずっと心配だったの。勝手にごめんね」

城之内さんはどこか傷ついたような表情で、でもふるふると首を横に振った。

「いや、いつまでも隠せるものじゃないし……。うん、昼はいつも飲み物だけなんだ」

ぽつぽつと呟くように、打ち明ける。

「……どうして？　ダイエットとか？　じゃないよね……」

城之内さんがこくりと頷く。

一度口を開きかけたけれど、すぐに閉ざした。

その様子をじっと見ていた朝日さんが、ふいに言う。

「とりあえず、あったかいお茶でもどう？」

「え……」

城之内さんがきょとんと彼を見つめる。

花見沢さんが「それいいですね」とぱちぱち手を叩いた。

「今日、けっこう冷えたから、あったかいものがいいなって思ってたんです」

「だよなあ、3月にしては寒いよな。暗くなったら一気に冷え込んだしな。城之内くんもお茶でいい？」

「あっ、はい……」

「ハーブティーにしようと思うんだけど、二人、苦手なものとか、体質に合わないものとかある？」

「いえ、俺は大丈夫です」

「私も大丈夫です」

城之内さんと花見沢さんの返事を聞くと、朝日さんはにっこりと笑い、「じゃ、ちょっと待っててな〜」と言って、パントリーをがさごそしはじめる。

「あ、小春さん、ちょっとお湯沸かしてもらっていい？　１リットルくらい」

「あっ、はい！　了解です」

私はやかんに水を入れ、火にかける。

「あった、あった。これと、これ……ラベンダーもいいけど、ちょっと足りないかな。今日は、ペパーミントとカモミールにしよう」

なんだか楽しそうにひとりごちながら何かを取り出した朝日さんの腕の中を見ると、ガラスのキャニスターがふたつ抱えられている。

「ハーブは湿気を嫌うから、パッケージを開封したあとはこういう密閉できる容器で、特に梅雨（つゆ）から夏場は冷蔵庫で保管したほうがいいらしいよ」

「そうなんですね……ハーブティーってあんまり飲んだことないです」

私がそう言うと、朝日さんは「だよなあ」と笑う。

「分かる、なかなかハードル高いよな。種類もたくさんあるし。俺も疎いんだけど、前にちょっと風邪引いて咳が長引いてたときに、ハーブに詳しいお客さんから、呼吸器症状におすすめっていうハーブを何種類か教えてもらって」

そのときにメモしたというノートを見せてくれた。

◇ローズマリー　咳を鎮める、痰を取る効果。喉がいがいがするときや鼻づまりがあるときにおすすめ。
◇タイム　殺菌、抗ウイルス作用が強く、感染症も予防してくれる。古代エジプトではミイラの防腐剤に使われている。
◇エルダーフラワー　体内に溜まった毒素を排出するのを助け、花粉症の症状緩和にも効果的。
◇カモミール　抗菌、抗ウイルス効果がある。体を温めて発汗させ、筋肉の緊張も緩めてくれる。
◇ペパーミント　メンソールの成分が鼻づまりや鼻の通りをよくする。

気分のリフレッシュにも。
◇ローズヒップ　栄養豊富で、ビタミンＣも入っている。疲労回復の効果もあり、昔から風邪薬としても飲まれている。

「はあ……なんか、ハーブってすごいんですね。薬みたい」

さっと目を通した私は、思わず感嘆の声を上げた。

「そうだよな、俺もびっくりした」

朝日さんが満足げに笑う。私はノートをカウンターの上、城之内さんと花見沢さんの前に置いた。

「私も見ていいですか？」

彼女に問われて、朝日さんは「どうぞ、どうぞ」と頷く。

「調べていくうちに楽しくなって、ハーブティーとかアロマテラピーの本、いろいろ買ってきて読み込んだよ。もちろん、体質によって合う合わない、効果があるないは個人差があるんだけど。あと、作用が強いハーブほどやっぱり副作用もあって、例えば妊娠中とか高血圧の人はローズマリーは避けたほうがいいとか、注意事項もあるから、体調に不安のある人は、病院とかで訊いてからな」

「勉強になります」

「病院に行くほどじゃないちょっとした不調のときに、自分で対策できるっていうのは、なかなかいいなと思ったよ。まあ、そんなこんなで、お気に入りのハーブティーの茶葉を、何種類かストックしてて、そのうちのふたつがこれ」

朝日さんが、調理台に置いたガラスのキャニスターを指差す。

カモミールというラベルが張られたほうには、薄茶がかった黄色の小さな花と葉っぱの乾燥したものが入っている。ペパーミントのラベルの瓶には、深い緑色の、見慣れた緑茶のお茶っ葉に似たようなもの。

私はガラスの蓋を開けて香りを嗅いでみる。カモミールは甘酸っぱくて濃厚な香りがした。リンゴのドライフルーツの香りにちょっと似ている。

ペパーミントは、蓋を開けた瞬間、メンソールの清涼感あふれる香りが鼻を突き抜けた。

花見沢さんと城之内さんも茶葉の容器を受けとり、中身を覗いたり、においを嗅いだりする。

その間に朝日さんが説明してくれた。

「カモミールは、胃粘膜を保護、修復して消化機能を助けたり、胃腸の調子を整える効果がある。あと、緊張や興奮をやわらげてくれて、リラックス効果が高いから、寝る前に飲むのもおすすめ」

城之内さんがじっとその話に聞き入っている。

「ちなみにミントも胃腸に優しい効果があるんだって。食べ過ぎ、飲み過ぎで胃がむかむかして気持ち悪いときなんかに飲むとさっぱりするよ」

「ああ、なんとなくイメージできます」

やかんのお湯が沸騰しはじめたので、私は火を止めた。「蓋したまま、しばらく置いといてね」と朝日さんが言うので、私は「はい」と頷いた。

「ほんとだ、ここにも書いてある」

朝日さんのノートに書かれていることを、花見沢さんが読み上げてくれた。

「胃の緊張を和らげる、胃の痙攣（けいれん）を緩和する。胃炎、胃潰瘍の症状緩和、胃もたれや消化不良の改善」

「……すごい」

隣で覗き込んでいた城之内さんが、感嘆したように呟いた。

「私、最近夜に食べすぎちゃって、寝つきが悪くなったり、朝ちょっと気持ちが悪かったりするから、こういうの飲むといいかも」

ちょっと照れたように言った花見沢さんに、ぜひぜひ、と朝日さんが微笑む。

「カモミールはハーブティーとしてはちょっと癖があって、独特のにおいが苦手とか、苦味が気になるって人もいるから、ミント系のさっぱりした香りと合わせると飲みやすくなる。フレッシュミント……バニラアイスにのっかってるような生のミントの葉っぱもいいんだけど、今日は手元にないから、ペパーミントの茶葉をブレンドしようかなと、思っております」

朝日さんはそう続けつつ、食器棚からガラスのティーポットとカップを取り出した。

「さてさて、それじゃさっそく、淹れますか。ハーブティーってなんとなくガラス食器使いたくなるよなー」

「たしかに、ガラスのイメージあります。いろんな色があるから、見た目も楽しめるようにかな」

「そうだな、きっと」

カモミールとペパーミントの茶葉をざっくり大さじにとって、茶漉(ちゃこ)しの中にそれぞれ2杯ずつ、計4杯入れる。マドラーで茶葉をさくさくとかき混ぜる。

「これで4人分な。まあ緑茶と同じでお茶っ葉の量はお好みだから、倍くらい入れても大丈夫だけど、苦手な人もいるかもしれないから、今日はとりあえず無難な量で淹れるよ」

「ありがとうございます」

茶漉しをティーポットにセットして、沸かして少し置いておいたお湯を、ゆっくりと注ぐ。

初めはじんわりと、黄色っぽい色が湯の中に溶け出した。それから赤みのある茶色が重なるように染み出してくる。

最終的には、紅茶によく似た色になった。

ハーブティーと聞くと、変わった色のお茶のイメージがあったので、見慣れた色のお茶にほっとした。

朝日さんが4つのカップに半分くらいずつ注ぎ、次に逆の順番で注いでいく。ポットに残っている濃い色の少量のお茶を、最後の仕上げのように4つに分けて注ぐ。お茶の濃さを均一にするための注ぎ方だと、以前教えてもらった。

「カモミールミントティーです。どうぞ」

ふたつのカップをカウンターの向こう、花見沢さんと城之内さんの前に置く。こちら側に残ったカップのひとつは、私の前に置いてくれた。

「ありがとうございます」

ガラスのカップを持ち上げ照明の明かりに透かしてみると、世界がセピア色に染まったように見えた。

「きれい……。いただきます」

すっと一口含み、飲み込んだ瞬間、ほうっと息がもれた。

口に含んだ瞬間、ペパーミントの清涼感を舌に感じる。ミントのガムやタブレットのような強い刺激はなく、少しぴりっとするくらいで、メンソールの刺激があまり得意ではない私でも飲めた。

ミントの風味はさあっと流れ去り、今度はカモミールの爽やかな甘さと、かすかな酸味がやってくる。

初夏の柔らかい雨が、こびりついた汚れを洗い流してくれるような、なんとも言えない爽快感があった。

とても優しい味のお茶だ。

香りの華やかさに比べると、口当たりはずいぶん柔らかくて、飲みやすい。癖があると言っていたけれど、私はあまり感じなかった。

あたたかい湯船に浸かっているような感覚で、とても気持ちが落ち着き、安心して、解きほぐされるような感じがある。

「おいしい。私、これ、すごく好きです」

私がそう言うと、花見沢さんもこくこく頷いた。

朝日さんは「お気に召していただけて光栄です」と微笑む。

城之内さんもそっとカップを持ち上げ、口をつける。

ゆっくりと二口三口と飲むうちに、強張(こわば)っていた表情が、じわじわと緩んでいった。

全身の力が抜けていくのが、手に取るように分かる。

「……おいしいです。すごく心が休まる感じがする……」

「分かります」

私が思わず食いぎみに同意すると、城之内さんはふっと目尻を下げた。

あ、こんな笑い方をする人なんだ、と思う。
彼はこの店に入ってからずっと、緊張したような、不安そうな顔をしていたから。
その理由を、彼は、打ち明けてくれるだろうか。
抱えた空洞が少しでも軽くなるような、さよならごはんに出会えるだろうか。

2．2　むき枝豆のにんにく炒めとえのきのバター焼き

カモミールミントティーを飲み干した花見沢さんが、城之内さんに目を向ける。

彼はしばらく唇をすぼめてうつむいていた。

お茶のカップをじっと見つめて、何か考えているような、決意を固めようとしているような、複雑な表情をしている。

ふうっと息を吐き、それからさっと顔を上げて、彼は意を決したように口を開いた。

「――俺、食べるのが怖いんだ」

花見沢さんが、「え？」と眉を寄せる。

「食べるのが怖い……？」

彼女は怪訝そうな表情で問い返した。私も、予想だにしなかった言葉に、驚きと疑問を隠せない。

「人前で食べるのが、怖いんだ」

低くもらした城之内さんの本音に、彼女はわずかに首を傾げた。

「人前で……？」

私の視界の端で朝日さんが、何かを心得たように、黙って小さく頷く。それから、パントリーの隅に置いてあるデスクの上のパソコンを、何か操作しはじめた。

「誰かと一緒に食べたり、みんなで店で食事したり、そういうのが無理で……。それだけじゃなくて、ひとりで食べるときでも、お店とか会社みたいに、人の目があるところだと、まともに食べられないんだ」

「そんな……そんなことが、あるんだね」

花見沢さんは目を見開き、口許を手で覆う。

私も、そんな人がいると聞いたことがなかったので、びっくりしていた。

「いつから？　社会人になってから？」

「いや、小学生の頃から、ずっと……」

私も花見沢さんも驚きに目をみはった。

想像を絶するほど長い期間、城之内さんは食べることに苦しんできたのだ。

「じゃあ、給食とか本当に大変だったよね。ご家族は？　ご家族と一緒でも食べられないの？」

「……うん。たぶん、そもそも父が食事のマナーに厳しかったっていうのも、原因のひとつにあって……」

城之内さんの顔が苦しそうに歪む。

「俺、子どもの頃からあんまり量を食べられなくて。でも父から見たらそれが情けなくて腹が立つみたいで、ごはんを食べきれないと『甘えるな』ってひどく叱られて……全部食べ終わるまで、絶対に許してもらえなかった。それに、食べこぼしたりとか、箸でうまくつかめなかったりとかでも、父を激怒させてしまって。だから、父の前だといつも以上に緊張して、全然食べられなかった」

城之内さんの気持ちが、私には想像できる。うちの親は好き嫌いに厳しかったので、苦手なものを残すと叱られていた。ごはんの時間は楽しいというよりは、ちゃんとしないと、という意識のほうが強かった。

でも、食べきれない量を食べることを強要されたことはなかった。

逃げ場のない子どもだった城之内さんは、どれほど苦しかっただろう、と想像するだけでつらい。

子どもは食事に関して、親や周囲の大人の言うことに従うしかない。理解のある寛容な大人ばかりであればいいけれど、現実はそうはいかない。

子どもに対して高圧的で有無を言わせず従わせる親や、逆に子どものために『よかれと思って』と善意を押しつける親、あるいは偏った思考をする親から、苦しめられてきた子どもを、私はこの店で何人も見てきた。

城之内さんは、そういう子どもたちが大人になった姿なのだろう。

子どもの頃にかけられた呪いは、大人になっても解けないのだ。大人になれば自然に解けるわけではないのだ。

だから、誰かに解いてもらうか、自分の力で解くか、どうにかしない限り、いつまでも呪いにつきまとわれたまま生きることになるのだろう。

朝日さんがパソコンの前を離れ、こちらへ戻ってきた。

穏やかな、柔らかい眼差しで、城之内さんを見つめながらその話に耳を傾けている。

ああ、そうか、と思う。朝日さんは、今の子どもたちや、昔子どもだった人たちの、大人からかけられた呪いを解くために、このお店をやっているのかもしれない。

「だんだん家族で食卓を囲むのに耐えられなくなって、中学生になってからは、食事は部屋に運んでひとりで食べるようになった。勉強しながら食べたいからとか、時間がもったいないからとか、適当な理由をつけて。そうしたら、食事に関わらないところでも家族とぎくしゃくするようになっちゃって……居心地が悪くて一刻も早くひとり暮らしがしたくて、大学も就職も地元から離れたところにした」

「そっか……」

ずっと神妙な面持ちで聞いていた花見沢さんが、絞り出すように相づちを打つ。

「修学旅行も行かなかったし、休みの日に友達と遊ぶのも難しかった。希望の職業も、食事の関係で諦めた」

「………」

彼女は、もう言葉がないというように小さく首を振った。

自分以外の誰かがいる空間では食べられない、家族と食卓を囲むことすらできないということは、食事をするときは必ず閉鎖空間で、ひとりきりで食べるしかないということだ。

そして、学校や会社にいる間は、何も食べられないということだ。

朝日さんがいつも言っている――食べることは生きること、生きることは食べること。

だからこそ、人と関わって生きているなら、人と一緒に食べる機会は避けられない。

逆に言えば、誰かと一緒に食べる機会を避けることは、誰かと親しい関係を築きながら生きる道を遠ざけることにもなりうる。

食べることは、生命を維持するだけでなく、人として生きるすべての局面において重要な意味を持つのだ。

「……だから城之内くん、ランチも晩ごはんも、いつも断ってたんだね」

花見沢さんがぽつりと言った。

「最初はあんまり人付き合いが好きじゃない人なのかな、だから食事の誘いを断るのかなって思ってたけど、しゃべってみたら全然そんなことない感じだから、たまたま都合が悪くて断ってただけかな、それならまた今度誘ってみようって思って、いつも声かけてて……」

人前で食べられないというだけで、人生にここまで深く影響があるなんて、当事者でなければ思いも寄らないだろう。

「何度も誘っちゃって、そのたび断らせちゃって、嫌な思いさせてたよね、つらかったよね。ごめんなさい」

ぺこりと頭を下げられて、城之内さんは苦しそうに眉を寄せた。

「あ、謝らないで……俺のほうこそごめん」

彼の気持ちが分かる気がした。きっと、花見沢さんに気を遣わせてしまったこと、申し訳ない気持ちにさせてしまったことが、つらいのだ。

「悪いのは俺のほうなんだ、花見沢さんが謝ることない」

城之内さんがそう言った瞬間、「いやいや」と朝日さんが二人のほうをまっすぐ見つめて言った。

「何言ってんの。城之内くんも悪くないよ。もちろん花見沢さんも悪くない。だーれも悪くない」

城之内さんが首を横に振った。

「そんなことないです。俺が普通に食べられてたら、何も問題ないんだから……」

「ところでさ、『会食恐怖症』って、知ってる？」

「えっ」

突然話が変わったので、城之内さんは驚いたように声を上げた。一瞬固まってから、

「いえ、たぶん聞いたことないです……」

と答えた。そっか、と朝日さんは頷き、

「たぶん、城之内くんの症状は、これじゃないかなと思う」

先ほどプリントアウトしたらしい紙を一枚手渡す。パソコンを何か操作していたのは、このためだったのだろう。

「もちろん俺は専門家じゃないから断定はできないけど、前にそういう症状で悩んでる人の記事をネットで読んだことがあって、似た症状が書いてあったから」

城之内さんが紙を見つめる。

横から花見沢さんが「私も見ていい？」と訊ねると、彼はこくりと頷き、二人の間に紙を置いた。

「『会食恐怖症。人前で食事をすることに対して、過剰なまでに強い不安や緊張を感じる症状。』……」

城之内さんがぽつぽつと読み上げていく。

「『他人と一緒に食事をしたり、レストランなどで食事をしたりすることに、耐えがたい苦痛や恐怖を覚える。』……本当だ。これ、全部当てはまる」

彼はゆっくりと紙から目を上げた。

「人前で食べるのが怖いなんて、そんなの俺だけだと思ってた。俺が変なんだ、性格に問題があるんだって思ってた……。他にも同じような人がいるんだ」

驚いたような、でもなんだか、少しほっとしたような、嬉しそうにも見える表情だ。

「俺だけじゃないんだ……」

朝日さんが微笑んで頷いた。

「インターネットで会食恐怖症って調べたら、色んな情報が出てくるよ。書籍もあるらしい。当事者が集まる自助グループもあるみたいだし。もし君が必要だと思うなら、会食恐怖症のカウンセリングや治療をしてる病院も調べられる」

完治には数ヶ月、年単位の時間がかかることもあるが、さまざまな療法を組み合わせつつ治療をすることで症状の改善が見込まれる、と書いてあった。

そして、会食恐怖症を克服した人の体験談として、飲食店に行き、食べやすいものを少量ずつ食べて、成功体験を積むことで少しずつ恐怖心がなくなっていった、という記述もあった。

「城之内くんは、人前でも他のものよりは食べやすいなって食べ物とか、ある？」

花見沢さんが訊ねると、城之内さんが顎に手を当てて「そうだなあ……」と考え込んだ。

「回転寿司とか、ビュッフェみたいに、食べる量を自分で決められる方式だと、不安と緊張がだいぶ和らいだかな。俺はとにかく『残しちゃいけない、食べきらないといけない』っていう状況がつらいから、定食とかセットとかコース料理みたいに、自分の分が決まってると緊張がすごくて、汗が止まらなくなって……。ああ、ファミレスみたいにがっつり主食以外のサイドメニューがたくさんあると、食べられそうなものを見つけやすいから、ちょっと気が楽だった」

「なるほど……」

「あと、人前だと本当に少しずつしか食べられないから、食べるのが本当に遅いんだ。そうなると、一緒に食べてる人を待たせてるっていうのが申し訳なくて、急がなきゃって焦るほど動悸がして吐きそうになって……」

「すごい……」

私は思わずそう呟いた。

「え、すごい？　何が……」

城之内さんに問い返されて、気持ちが声に出てしまっていたことに気がつく。

苦しいことを話しているのに『すごい』なんて感想を言ってしまったら、不愉快な思いをさせるに決まっている。

やってしまった、と思ったけれど、城之内さんは純粋に疑問だというようなきょとんとした表情だったし、

「小春さんがどうしてそう思ったか、ぜひ教えて」

と朝日さんにも促された。

私は深呼吸をして、言葉を探しながら口を開く。

「ええと、あの、うまく説明できるか自信はないですけど……。城之内さん、外食が苦手なのに、頑張って挑戦してきたんだなって……だから、こういうお店はつらい、こういうお店は大丈夫っていうのが経験則で分かるんだなと思って。私だったら、最初から無理って諦めて、避けるというか、完全に距離を取っちゃうと思うから、苦しくても諦めずに挑戦しててすごいなと思ったんです」

私は、内申点のためだけに部活に入り、周りとなじめなくて、居心地が悪くなってしまった。その上その関係性を修復したり改善したりしようともせず、諦めて、ひたすらひとりで行動していた。

今は勉強とバイトが優先だから部活はやめてしまったけれど、あの頃もう少し他の部員たちに歩み寄る姿勢を見せていたら、状況を変えようと挑戦していたら、少しくらい仲良くなれたかもしれないのに、と今は思う。

苦手なものに自分から近づくというのは、とても勇気と気力が要るのだ。それをしてきた城之内さんは、すごいと思う。

「私もそう思うよ」

花見沢さんが力強く言った。

「私は、こういうの嫌だな、こう思われたら嫌だなって感じたら、そこから遠ざかろうとしちゃうから。逃げずに頑張ってきた城之内くんを心から尊敬する」

城之内さんは、唇を噛んで、ふるりと首を振った。

「全然そんなことないよ。すごいとか尊敬するとか言ってもらえるような人間じゃないんだ、本当に。みんなから変に思われたくないから、必死に普通のふりをしてるだけ、いっつも周りの顔色窺っておどおどして、そのくせ結局みんなが当たり前にできてることが全然できなくて、本当にだめ人間なんだ」

「いやいや、どこもだめじゃないじゃん」

朝日さんがびっくりしたように言った。

「毎日生きて、毎日食べて、毎日働いて、そんな君のどこがだめなの。褒めるところしかないよ」

「でも、そんなの、みんな普通にやってることじゃないですか。俺はそんな普通のことを、ぜえぜえ言いながらなんとかこなしてるような状態なんです。なんにも褒められるところなんかないですよ」

「そんなことない。普通のことを毎日やれるって、なかなかすごいことなんだよ。みんなすごいんだよ」

朝日さんが真剣な眼差しで言った。

「人間誰しも、調子がいいときと悪いときがある。心も身体もな。なんかだるいなって日もあるし、なんか気分が乗らないなって日もある。それでも毎日生きて、食べて、やるべきことをやる。それってすごい大変なことだよ。だからもっとみんな堂々と自分を褒めればいいと思うね、俺は」

彼の言葉に、城之内さんと花見沢さんは、黙ってゆっくりと瞬(まばた)きを繰り返す。

そして私も、無意識のうちに自分の日常を振り返っていた。

私は毎日学校に行って、週3日は塾に通い、週3日はアルバイトをしている。こういう生活をしている人は他にもたくさんいるだろう。塾での勉強はまだ1年生だから厳しいものではないし、バイトは朝日さんのもとでのんびりと働かせてもらっていて、まったくハードな仕事でもない、なんにもすごいことなんかしていない毎日。

こんな私でも、『毎日頑張ってすごいね、偉いね』と自分を褒めてもいいのだろうか。たとえ、もっと頑張っている人がたくさんいたとしても。もっと難しいことや大変なことができる人がたくさんいたとしても。

そんなことをぼんやりと考えていると、朝日さんがさらに続けた。

「普通に生きてるだけの自分を褒められる人は、きっと普通に生きてるだけの他人も褒めてあげられる」

その言葉に、私ははっと息を吞んだ。

「別に面と向かって言葉にして褒めるわけじゃなくてもさ、ああこの人は自分のことを認めて、受け入れて、尊重してくれてるなっていうのは、なんとなく伝わってくるものだよ。どうせなら、自分の周りの人に、そう思わせてあげられたらいいだろ？Win-Winの関係というかさ。他人に対して、そういう在り方ができる人間ばっかりになったら、みんなもっと肩の力抜いて、楽に生きられる世界になると思うんだよな」

目が覚めたような気がした。

この程度の頑張りでは足りない、もっと頑張っている人がいるのだからこの程度で自分を褒めてはいけない、自分を甘やかしてはいけない。そんな考え方は、他人にももっと頑張れ、もっと上を見ろと強要することでもあるのだ。

自分の考え方は、自分の首も、他人の首も、絞め上げてしまいかねないものだと、初めて思い至った。

それは極論までいくと、世界でいちばん頑張っている人に、世界中の人間みんなが合わせなければいけないということになる。

でも、べつにそんなことをする必要なんてないのだ。

そう気づくと同時に、どうしてみんな、私も含めて、朝日さんと話すと元気になれるのか、分かった気がした。

朝日さんは、誰に対しても、真正面からありのままを肯定する。

ありのままの自分を誰かから肯定してもらえると、自分自身でも肯定できるようになる。

すぐに、１００％肯定するというのは難しいかもしれないけれど、ありのままの自分を頭から否定的な目で見ることをやめたら、少しずつでも、優しい眼差しで自分を見つめられるようになる。

「せっかく来てくれたんだから、これも何かの縁だと思って、ちょっとお夜食味見していかない？　一口でもいいし、全部残してもいいから」

朝日さんがにこやかに言った。

できるだけ圧を感じさせないように配慮していると伝わってくる口調だったけれど、城之内さんは困ったように眉を下げて、

「……でも、やっぱり、せっかく作ってもらったのに残すことになったら、申し訳ないんで……」

とかすれた声で言った。

朝日さんは少し押し黙り、考えを巡らせるように小首を傾げたあと、

「ごはんはね」

と静かに言った。小さな子どもに語りかけるような、優しい優しい声で。

「食べなきゃいけないものじゃなくて、楽しむものだよ。義務じゃなくて、権利だから」

「権利……」

城之内さんは驚いたように目を見開いた。

分かるなあ、と思う。私も朝日さんに出会うまで、食べることは義務のように思っていた。食べないと勉強できないから、食べないと生きられないから、お腹がすくから、仕方なく食べていた。

でも、今は、好きなものを食べられる幸せを、日々感じている。

「俺も昔は、目の前の食べ物を食べることが義務みたいな気持ちで食べてたよ。その頃は食べる喜びなんて感じたこともなかった。あの頃は食べるのは苦しいとしか思わなかった。でも、色んな経験をして、食べる楽しみを知ってからは、食事の時間がいちばん幸せなんだ」

朝日さんが城之内さんの顔を覗き込んで、柔らかく微笑む。

「食べるのって楽しいって、城之内くんにも、思ってもらえたら、嬉しいな」

「…………」

城之内さんの視線が、カウンターの上に置かれている食器に向けられた。

そういえば彼の目はこれまでずっと、店内にある食器や調理器具など、食事を思わせるものを意識的に避けていたような気がする。それほどまでに不安感や恐怖感が強いのかもしれない。

「残しちゃいけない、残したら申し訳ないって思っちゃう城之内くんの気持ちは、よく分かるよ。でもね、料理を作ってる側は、『きれいに残らず平らげてもらわなきゃ作り甲斐（がい）がない』なんて思ってないよ。少なくとも俺はそうだ」

城之内さんが怪訝そうに朝日さんを見つめる。

「そりゃもちろんぺろっと完食してもらえたら嬉しいけどさ、俺がなんでこの店で料理を作ってるかっていうと、食べてくれた人のおいしそうな顔が、幸せそうな顔が見たいからだよ。だからこそ、苦しい思いまでして平らげてほしいなんて思わない。一口だけでもおいしいなって思ってもらえたら最高に嬉しい。だから、そんなに気負わないで、味見のつもりでいいから」

「…………」

城之内さんが、少し顔をうつむけ、何か考え込むような表情になった。

それまで黙って二人の様子を見ていた花見沢さんが、突然、

「――大丈夫！」

とやけに大きな声で言った。

静かな店内に響いた声に驚いて目を向けると、朝日さんと城之内さんも同じく目を丸くして、何か意を決したような表情の花見沢さんを見つめている。

彼女はそこで初めて自分の声の大きさに気づいたようで、はっとして口に手を当て、恥ずかしそうに「びっくりさせてごめんなさい……」と照れ笑いを浮かべて言った。

「いや、かまわないよ。大丈夫って、どういうこと？」

朝日さんが優しく微笑んで問い返すと、花見沢さんはこくりと頷き、城之内さんのほうへ身体を向けた。

「城之内くん、大丈夫だよ」

「え……何が？」

戸惑って問い返す彼に、彼女はにっこりと笑いかけた。

「食べ残しとか、気にしなくて大丈夫。城之内くんが食べきれない分は私が食べるから！」

城之内さんはぽかんと口を開いた。

朝日さんは興味津々という様子で花見沢さんを見つめている。

彼女はくっと唇を噛み、それから決然と顔を上げた。

「実は私、小さいときから、すっごくすっごく、食べるのが好きなの。大好きなの」

「おお」

朝日さんが感嘆の声を上げる。花見沢さんは彼のほうを見て目を細めた。

「ごはんでもおやつでも、とにかく本当に食べるのが好きで、おいしいものが大好きで、食べてるときがいちばん幸せなんです。2人前くらいならぺろっと食べちゃいます」

「すごい……」

城之内さんも感動したように息をもらし、純粋な尊敬の眼差しを彼女に向けた。たしかに、彼と彼女は正反対だ。

「どんなに嫌なことがあっても、おいしいものを食べたらどうでもよくなっちゃうくらい。お腹いっぱい食べて眠くなったらぐっすり寝て、そしたら起きたときには嫌な感情も、もやもやも全部消化できてて、まいっかーって感じでリセットできる。とにかくごはんをおいしく食べられれば、いつでも元気にハッピーに生きてこられたんです」

朝日さんが腕組みをして、「分かるなあ」と深く頷いた。

「俺も、旨い飯さえ食えたら、たいていのことは気にならなくなる。旨い飯は人類を救う」

花見沢さんは朝日さんに向かって人差し指を立て、

「それな、です」

こくこくと頷いた。

「うちの家族わりとみんなそんな感じで。両親も、お兄ちゃんも弟も。晩ごはんは毎日お祭りかってくらい食べ物もりもりで、それが私はすっごく楽しみで。……でも」

彼女の顔が翳り、城之内さんが心配そうに覗き込む。

「10歳くらいまでは、全然それでよかったんです。けど、思春期っていうか、大きくなるにつれて、女の子がもりもり食べるのはみっともないとか、大食いなんて恥ずかしいとか言われるようになって、なんだか自分もそういう気がしてきて……。5年生のとき、好きな給食をおかわりしたら、好きな男の子にからかわれちゃって、すごくショックで、自分が恥ずかしくなって。それから家以外では、あんまり食べなくなっちゃいまして……」

ああ、花見沢さんもなんだ、と私は思った。

彼だけでなく、彼女も、食べることに悩みを抱えている。

城之内さんと花見沢さんが二人でこの店に引き寄せられたのは、偶然ではなかったのだ。

「社会人になっても、それは変わらなくて。だって、あんまり大きいお弁当箱持っていくのは恥ずかしいし。みんなとランチに行って、おしゃべりもそこそこにひとりだけばくばく食べたりもできないし。疲れてるときとか、嫌なことがあったときは、ほんとは2人前とか3人前とかがっつり食べたいけど、そんなに頼んだらテーブル占拠しちゃうから申し訳ないし……」

一度思いきって話しはじめたら止まらなくなったというように、花見沢さんは次々に言葉を吐き出す。

「でも、やっぱり働いてたら、すっごく疲れる日とかあるじゃないですか。ああ今日はもう本当に疲れた！　お腹いっぱい食べたい！　って思うのに、お昼はそれができなくて、すごくストレスなんですよね。私にとって最高のストレス発散は食べることだから」

そんなこと気にせず好きなように食べたらいいのに。そう言う人もいるかもしれないけれど、実際、人目のある場所でそれを気にせずに食べるというのは、きっと多くの人にとっては不可能だろう。

私も、学校や塾でごはんを食べるときは、食べこぼさないようにとか、咀嚼音(そしゃくおん)を出しすぎないようにとか、色々と気にしながら食べている。食べるものや食べる量を気にする人がいるのも当たり前だ。

「それで、会社では思い通りに食べられないから、その反動で、家に帰ったらバカみたいに食べまくっちゃうんです。しかも、そういうときに限って、高カロリーなものを爆食いしたくなっちゃって、スナック菓子とか、生クリームたっぷりのスイーツとかたくさん買い込んで、夜中にむしゃむしゃ食べちゃうんです。昼間の我慢を取り戻すみたいに。それで満腹になって、寝るときはすごく幸せな気持ちで眠れるんですけど、年のせいか、朝になったら胃もたれとかするようになって、体重もどんどん増えちゃって。そしたらおいしいものを好きなだけ食べてても、幸せメーターが、前みたいには上がらなくて……」

花見沢さんが憂鬱そうに言った。

さっき朝日さんがハーブティーの効能を説明してくれているとき、胃腸の調子を整えるという話に彼女が反応していたのを思い出した。

「花見沢さんと城之内くんは、社会人になったばっかり？」

「あ、はい、そうです。1年目です」

朝日さんの問いに、花見沢さんが答える。

「そっか。じゃあ、まだ心も身体も今の生活に慣れてないよな。生活環境が変われば、当然、心の状態も変わるし、身体の調子も変わる、当たり前の反応だよ」

「はい……昼間の仕事のストレスとか食事の我慢で、身体とか胃腸の状態が前とは違ってて、だから前と同じものを食べても、コンディションが崩れるようになったのかもしれないなと思います。去年までは平気だった食生活でも、なんか胃がむかむかするなあとか、ちょっとお腹が緩いなあとか、逆に便秘気味だなとか、地味に体調がすぐれなくて」

城之内さんが深くうなずいた。

「俺もそうかも。人前で食べられないのは学生時代も同じで、外では飲み物で済ませてたんだけど、最近すごく身体がだるいし、眠りも浅くて、ずっと疲れてる感じがするんだ」

「つらいよね……」

「うん、つらい……」

はああ、と二人は同時に溜め息をついて肩を落とした。

そんな彼らを見つめながら、朝日さんが顎に手を当てて思案顔になる。

「なるほど……、城之内くんは、自分の食べられそうなものを、自分の食べられそうな量だけ食べられたらいい。花見沢さんは、人目を気にせず思いっきり食べたい、でも胃腸に優しいものがいい。どうしようかな……とりあえず、このへんの常備菜を全部出して、今日のランチの残りも出して。あとは、店にある食材で、さっと作れるもの思いつきで色々作ろうかな。うーん、たまにはこういうのもわくわくするな」

楽しそうにひとりごとを言いながら、朝日さんが冷蔵庫の野菜室を開けた。

「ミニトマトは食べやすいかな。あとはきゅうりとえのきと……お、いい長ねぎがある」

長ねぎを2本取り出し、彼は私を手招きする。

「小春さん、ちょっといい？」

「あっ、はい！」

「この長ねぎを、2、3センチくらいにざくざく切って、皿に並べてラップして3分レンチン、終わったら上からごま油と塩を適量、お願いします」

朝日さんが手振りをしながら教えてくれた。

「了解です。なんかおいしそう」

ごま油に塩と聞くだけで、食欲が湧き上がってくる。

「長ねぎのなんちゃってナムル。手軽に旨い一品が作れるからおすすめだよー」

「なるほど。覚えときます」

私たちはそれぞれに作業を進めながら、やりとりを続ける。

「ちなみに、ごま油と塩だけでも旨いんだけど、おろしにんにくと醤油と白ごまを加えて混ぜると、超絶旨いナムルのたれになる。どんな野菜にも肉にも合う万能だれだよ」

「うわあ、絶対おいしいやつですね」

料理をしたことがなかった数ヶ月前までは、食材や調味料から完成の味が想像できるということすら思いつきもしなかった。

私はまだまだ素人で、たくさんの料理を上手に作れるというわけではまったくないけれど、お店で朝日さんに教えてもらいながら色々な料理を作るうちに、材料を聞くとだいたいの味の予想ができるようになってきた。

ゆっくりだけれど、着実に変化し、成長している。そう実感できることが、とても嬉しい。

朝日さんは、いつにないスピードで料理を作っていく。

切ったり、剥いたり、叩いたり。焼いたり、茹でたり、炒めたり。混ぜたり、あえたり、丸めたり。

ひらひらと動く手から、魔法みたいに次々と料理が生み出されていく。

その間ずっと、この上なく楽しそうな顔をしていた。

私は朝日さんが作った料理を受けとり、お皿にどんどん移していく。

ビュッフェ形式は食べやすかったと城之内さんが言っていたので、あえてひとりぶんずつ分けずに、大きめの平皿に何品かずつまとめて盛りつける。

そして取り皿として、小さめの平皿を、城之内さんと花見沢さんの間に10枚ほど置いた。

「よし、だいたいこんなもんかな」

朝日さんが調理台に両手をつき、満足げに笑う。

30分もしないうちに、カウンターの上にはびっしりと料理の皿が並んだ。

彼は一品ずつ指差して、料理の説明をしていく。

「こっちから、ほうれん草のおひたし。ミニトマト、洗っただけ。このピンクのは、たらこ入り卵焼き。長ねぎのナムル。たたききゅうりの塩昆布あえ。麻婆茄子（なす）、だけど辛くないよ、辛いと噎せやすいしね。むき枝豆のにんにく炒め。えのきのバター焼き、塩こしょうはお好みで。鰆（さわら）の西京焼き、鶏皮ポン酢、豚キムチ。あとは、一口ハンバーグ、サイコロステーキ、鰯（いわし）つみれのあんかけ。梅ちりめんの一口おにぎりと、かつお節とごまの一口焼きおにぎり。以上です」

じゃーん、というように朝日さんが両手を広げた。

「何これ、おいしそうすぎる！　最高！　優勝!!」

花見沢さんは、まるで推しのアイドルを前にしたかのように興奮している。

朝日さんが嬉しそうに「どうも」と笑った。それから「城之内くん」と声をかける。

「は、はい……」

城之内さんは緊張の面持ちで背筋を伸ばした。

「いちおう全部、嚙み切ったりしなくていいサイズで、一口でぱくっと食べられるものにしてみたけど、どう？　食べられそうなものがあるといいんだけど」

「なんか、すみません、色々お気遣いいただいちゃって……ありがとうございます、すみません」

「え？　いや全然、気遣いなんかしてないよ」

城之内さんの言葉に、朝日さんが心外そうに目を見開く。

「俺はもともとお客さんに合わせて料理するのが好きなだけ。いつもと同じように、この人にはどんな料理が合うかな、何を出したら喜んでもらえるかなって考えて、楽しく作っただけだから、気にしないで楽しく過ごしてね」

「……あ、ありがとうございます」

城之内さんはぺこりと頭を下げた。

二人のぶんのお箸を用意しようとして、私ははたと動きを止めた。

食べ物をこぼして叱られていたことがトラウマになっているようなことを言っていたので、お箸だとそういう危険性が上がる、と思い当たったのだ。

枝豆の炒め物は、お箸だとつかみそこねてしまうかもしれない。スプーンのほうが食べやすいだろう。それに、ミニトマトや一口ハンバーグも、フォークがあったほうがきっと食べやすい。

私はカトラリーケースに箸とスプーンとフォークを、少し考えて5セットずつ入れた。たとえカトラリーを落としても大丈夫なように。

大皿のほうには、取り分け用の大きなスプーンや玉杓子(たまじゃくし)を置いた。

「ええと、じゃあ、さっそく……」

城之内さんは、まだ空っぽの取り皿と、料理が山盛りの大皿を前に、ふうっと深呼吸をした。

「い……いただきます」

手を合わせ、小さく頭を下げる。

数秒間、動きが止まった。

ごくりと唾を飲み込む音が聞こえてきそうな、緊張感が痛いほどに伝わってくる。

そして、左手に取り皿を持ち、腰を上げる。大皿の前で視線を泳がせ、一口ハンバーグの皿に目を留めた。取り分け用のスプーンを手に取り、ミートボール大のハンバーグを3個すくって、取り皿に盛りつける。

「大丈夫だよ。もし城之内くんが食べきれなくても、私が食べるから」

花見沢さんが隣で励ますように声をかける。彼女はまだ自分のぶんの料理を取り分けず、城之内さんの様子を心配そうに見つめていた。

そうそう、と朝日さんも声をかける。

「うちはテイクアウトもできるから、もし食べられなかったら、持って帰ってくれたらいいよ。家でゆっくり味わって食べてもらえたら、俺としても嬉しいから」

「あの、私ちょっと、テーブル席の整頓してきますね」

思わずそう言った。私はたぶん、この中でいちばん城之内さんに近いタイプだから、彼の気持ちがよく分かる気がしていた。この状況で、みんなの注目を一身に浴びながら食べるというのは、かなりつらいものがあるんじゃないか。せめてひとりぶんだけでも視線を減らしたくて、カウンターから出ることにしたのだ。

するとと朝日さんと花見沢さんも、さりげなく視線を外した。朝日さんは調理台の上を片付けはじめ、花見沢さんは「私も食べよーっと」と立ち上がった。

「うわあ、ほんとおいしそう、全部おいしそう、どうしよう迷うー……最近野菜不足だから、まずは野菜のおかずにしようかな」

たくさんの料理を前にして、彼女は見るからにわくわくしていた。取り皿にもりもりと料理をのせていく。お皿を多めに出しておいてよかった、と思った。

その横で、城之内さんが、カトラリーケースに手を伸ばした。お箸を取ろうとして、フォークに気づいたのかそちらを手に取る。

肩で息をしているように、背中が大きく揺れている。

恐怖や不安や緊張と闘っているのが分かる。

城之内さんは、逃げたくないんだなと思う。

人と一緒に食べることから逃げたくない、諦めたくない、だから闘っているのだ。

人前で食べられなくても、生きていけないわけではない。生き方は変わるかもしれないけれど、生きられないわけではない。

だから、怖いなら逃げたっていい。でも、逃げないのだ。

城之内さんの手が、フォークをハンバーグに突き刺した。でも、そこでまた動きが止まってしまう。

私はそろそろと移動し、彼を横から見つめた。

朝日さんは、たぶん食べやすいように、こぼしにくいようにとの配慮で、ハンバーグにソースをかけていなかった。そのぶん塩こしょうやにんにく、しょうがでしっかり下味をつけ、焼き上がりにはさっと醤油を回しかけていた。

きっと、すごく、おいしいですよ。城之内さん、頑張れ。

心の底から、応援したくなる。

どうか、城之内さんが、今夜ここで、過去の自分にさよならできますように。さよならごはんを食べられますように。

そんな私の祈りが通じたのか、とうとう彼が再び動き出した。フォークをゆっくりと持ち上げ、ハンバーグを口許へ運ぶ。

かすかに震えている唇が、ゆっくりと開く。

細く開いた唇の隙間に、ほとんどねじ込むようにして、なんとか1個まるごと口に含んだ。

ゆっくりと嚙みしめる。

朝日さんは背を向けて調味料を片付けているし、花見沢さんは取り皿に盛りつけている最中だ。

城之内さんは、かなりの時間をかけて咀嚼し、なんとかごくりと飲み下した。

「おいしいです」

そう言いながらも、どこか苦しそうな強ばった表情で、喉に手を当てている。まるで何かが詰まっているかのように。

「本当に、本当に、おいしいです。でも……すみません、もう……」

食べられません、ごめんなさい。そう言おうとしているように見えた。

ああ、やっぱり、難しかったんだ。そう思ったとき、

「これ、おいしーい！」

城之内さんの言葉に重なるように、突然、花見沢さんが声を上げた。

彼女はいつの間にか、椅子に腰かけて食事を始めている。

「枝豆って、焼いたらこんなにおいしいんですね！　茹でたのしか食べたことなかった。しかもにんにくの風味と塩加減が絶妙で、最っ高においしいです！」

左手を頬に当ててうっとりと言いながら、右手の箸ですでに次の料理をつまんでい

る花見沢さんを、城之内さんは啞然としたように見つめている。

「うわあ、きゅうりもおいしい。塩昆布ってなんでこんなにおいしいんですかねえ。……わっ、えのきバター、香ばしくて旨味たっぷりで最高！　あっ、城之内くん、それ食べないなら私もらっていい？」

花見沢さんが彼の取り皿を覗き込んで、笑顔で訊ねる。

「え、あ、うん、花見沢さんがいいなら……」

「わーい、ありがと。……んー、シンプルにおいしい！　しかも一口サイズに丸めて焼いてるから、肉汁がたっぷり残ってて、嚙んだ瞬間じゅわーって！　え、待って、ハンバーグって、実はこのサイズが正解なんじゃない？　城之内くんのおかげで新発見だ！」

うきうきとしゃべりながら、その口にはものすごい勢いで料理が次々に吸い込まれていく。その顔には常に笑みが浮かんでいる。

「ふ……ははっ！」

こらえきれなくなったというように、城之内さんが小さく噴き出した。さっきまでの強ばりはすっかり消えている。

花見沢さんが、はっとしたように彼のほうを見た。

彼女は逆にさっきまでの笑顔が消えてしまい、気まずそうな、やってしまったというような顔をしている。

小学生の頃に、たくさん食べることをからかわれたというから、もしかしたらまた同じようなことを言われてしまうかもと危ぶんでいるのかもしれない。

でも、城之内さんは、

「あはは、すごいね、花見沢さん。ほんとに幸せそうに食べるね。見てるこっちまで楽しくなる」

と屈託のない笑顔で告げた。

「え、そんなに？」

彼女が、ほっとしたように表情を緩める。

「うん、すっごく楽しそうだし、幸せそう」

「……たしかに私、今、ここ1年でいちばんってくらい楽しくて幸せだ」

花見沢さんは照れたように笑った。

「こんなふうに、気になるもの全部、好きなだけ自分の皿に盛って食べられるとか、私にとっては幸せの極みだもん。ありがとう、城之内くん」

「え……なんで俺に？」

彼は目を丸くして、戸惑ったように花見沢さんと朝日さんを交互に見る。お礼を言うなら朝日さんにでは、という疑問が聞こえてきそうだ。

「もちろん、作ってくれた朝日さんと小春ちゃんには大感謝だけど。もし城之内くんがいなかったら、きっとこのお店には入らなかったし、私が食べるの大好きって話も打ち明けられなかったし、そしたらこんなふうに気兼ねなく食べることもできなかったから。だから、城之内くんにも、ありがとう」

彼女から真剣にお礼を言われて、彼はおろおろとする。

「そんな……俺のほうこそ、花見沢さんがいなかったら、飲み会から逃げるみたいに家に帰って、今頃ひとりで落ち込んで鬱々としてたと思う。それに、今日初めて、食べるのが怖いっていうのを人に話せて、だいぶ気が楽になった。花見沢さんのおかげだよ、ありがとう」

「……えへへ」

花見沢さんは、これ以上ないくらいの笑顔を咲かせた。

＊

「せっかく色々と気遣ってもらったのに、結局一口しか食べられなくて、すみませんでした」

店を出る間際、城之内さんは深々と頭を下げた。

「謝ることないって。食べてみようって思ってもらえて、しかも実際に食べてもらえただけでも、俺としてはすごく嬉しいよ」

朝日さんが包み込むような笑顔で応える。

「ありがとうございます……。これ、家でゆっくりいただきます、本当にありがとうございます」

城之内さんは、持ち帰り用のパックに詰められた料理を示し、もう一度頭を下げる。

「私まで詰めてもらっちゃって、ありがとうございました」

花見沢さんも隣でぺこりと頭を下げた。

「あの、またハーブティー飲みに来てもいいですか」

城之内さんの問いに、

「もちろん！」

と朝日さんは鷹揚に頷いた。

「またおいで。いつでも。気が向いたときに。ひとりでも、二人でも、たくさんでも」

「……はい！」

城之内さんが、少し照れたような笑顔で頷いた。

「また来ます。きっと、近いうちに。そのときは、目指せ二口ってことで」

「おお、いいね、楽しみに待ってるよ」

彼らのやりとりを聞いていて、私ははっと目の覚めるような思いがした。

そうか、1回で解決できなくたっていいんだ。

さよならごはんは、1回きりとは限らないんだ。

城之内さんが、結局ほとんど食べられなかったことで、私はなんだか残念な、申し訳ないような、なんとも言えない複雑な気持ちになっていた。せっかく城之内さんが一歩踏み出そうと勇気を出して、たくさんの料理も用意できたのに、結局、一口しか食べられないなんて、人前で食べるのが怖いという症状を改善できないなんて、と思ってしまった。

でも、物事の変化は、そんなに急激には起こらない。起こせない。

根の深い問題ほど、長時間を経たトラウマほど、簡単には解決できない。

変えたい自分に今すぐさよならして、一瞬にして新しい自分になることなどできない。

城之内さんはきっと明日も人前で食べることが怖いだろうし、花見沢さんはきっと明日も人目を気にして思うようには食べられないだろう。

でも、変わりたい思いがあれば、何かを変えたい思いがあれば、少しずつでも、さよならしていけるはずだ。

だから、何回にも分けて、さよならごはんを食べればいい。

何日もかけて、時には何年もかけて、ゆっくり、少しずつ、過去の自分とのさよならの準備をすればいい。

焦ることなんてないんだ。

「また二人でゆっくり外食できたらいいですね」

城之内さんと花見沢さんを見つめて、私はそう言った。

なんとなく、二人は付き合っているのかなと思っていたのだけれど、どうも違ったらしい。

二人同時に「えっ」と声を上げ、薔薇(ばら)の花みたいに頬を紅潮させ、あたふたと動揺しはじめた。

自分の勘違いに気づいた私は、ごめんなさいと謝ろうとしたけれど、二人はそれどころではないらしく、お互いのことしか見ていなかったので諦めた。

「そ、そんな、私みたいなのと外食なんて、城之内くんに申し訳ない……」

「ちょっと待って、何言ってるの。逆でしょ逆、花見沢さんとごはんは絶対楽しいけど、俺と外食とか罰ゲームじゃん、男のくせにちまちま食って情けない……」

「そっちこそ何言ってるの、罰ゲームとか情けないとか言わないで、そんなこと全然ないよ。こんなばくばく食べまくる女を、あんな笑顔で見ててくれる人なんていないよ、城之内くんは優しい人だよ」

「いやいや何言ってるの、優しいのは花見沢さんでしょ」

「はーい、そこまで！」

ぱんぱんと手を叩いて朝日さんが二人の言い合いを止める。

「仲がいいのは分かったけど、二人ともちょっと落ち着いて、な？」

城之内さんと花見沢さんは、真っ赤な顔を見合わせた。

朝日さんがくすくす笑っている。

「破れ鍋に綴じ蓋って言葉があるだろ。ま、そういうことなんじゃない？　それはいいとして」

彼はそこで一旦言葉を止めた。そして、ふいに、とても真剣な眼差しになる。

「二人ともさ、自分のこと、『男なのに』とか『女なのに』とか、卑下するような言い方で語らなくていいよ。そんなふうに考える必要はない」

花見沢さんも、城之内さんも、はっとしたように目を見開いた。

「食べることは生きること、だよ。食べるのにも生きるのにも、性別なんて関係ないだろ。生き物はみんな食べて食べて生きてくんだから、みんな同じ。食の好みとか、食べる量とか、個人差はあって当然だけど、そこに本来、性別なんてものは関係ない。多少の傾向はあるかもしれないけど、『食べて、生きる』営み全体から見たら、些末なことだよ」

朝日さんの顔に、再び笑みが戻る。

「いちばん大切なのは、自分の心と身体が求めるものを食べること。心が求めるものと、身体が求めるものを、バランスよく食べること。どっちに偏りすぎてもよくない、どっちも大事だからね」

朝日さんは、ゆっくりと話しながら、店の外に出た。私たちも後を追う。

「今日は心を優先したなら、明日は身体を優先すればいい。食べたくない気持ちのときは食べなくていいけど、食べられそうなときは身体のために食べる」

ふと見上げると、ひとつ、ふたつ星の浮かぶ夜空が広がっていた。

通りを行き交う、たくさんの人たち。二人が来店した頃は、家路を急ぐ様子の人が多かったけれど、今はお酒が入って千鳥足でゆらゆら歩いている人も多い。あの人たちにも、きっと空洞がある。

晩ごはんをもう食べた人も、これから食べる人もいるだろう。あるいは夜は食べない人もいるかもしれない。でも明日にはまた食事をとる。

みんな、みんな、食べているのだ。生きているから。あるいは、生きるために。

「そうやって、折り合いつけながら、食べて、生きてくんだよ。俺たちは、みんな」

「……はい」

「……そうですね」

二人にも、笑顔が戻る。

柔らかく吹き抜けた夜風は少し生ぬるく、春の気配がほんのり滲んでいた。

3
章
食べなくていい

3．0　ささみのフライとかぼちゃスープ

「――じゃあもう食べなくていいっ!!」

声を限りに叫んだ。

そして、感情のままにテーブル上の料理を食器ごと薙ぎ払……おうとしたものの、なけなしの理性をフル稼働させて、すんでのところで手を止めた。

落ち着け、落ち着け。冷静になれ、私。

床に落としてしまったら、割れた食器も、こぼれたお茶も、飛び散った料理も、片づけるのはどうせ自分だ。これ以上タスクが増えたら、確実にキャパオーバーだ。

握った両こぶしを、テーブルの天板にどんっと打ちつけることで、なんとか怒りを紛らす。

振動で、食器ががちゃんと耳障りな音を立てた。

「……うっざ」

実梨は低くつぶやき、箸をテーブルに放り出すように置いて、さっと立ち上がった。

そのまま苛立ちを隠さない歩調で、どすどすとダイニングを出ていく。

私も苛立ちに任せて椅子をがたんと鳴らしながら立ち上がった。実梨に負けないくらい大きな足音を立ててキッチンに入り、流しの前に立つ。

「ふうー……」

実梨の言動に苛々したときのルーティン。キッチンカウンター上に置いてある、幼かった頃の娘の写真が入ったフォトスタンドを、憤怒（ふんぬ）の形相で見つめる。

天使もひざまずくレベルの可愛らしい笑みを浮かべ、ちょこんと小首をかしげ、汚れなき無垢（むく）な瞳でまっすぐにこちらを見上げている少女。

『ママー！　ママー！』

鼓膜に甦る、鈴を転がすような高く澄んだ、甘く可憐（かれん）な声。

実梨はいつも惜しみない満面の笑みで、ママママママママと1日に何百回も私を呼び、隙あらば私の腰に抱きつき、少しでも姿が見えないとまるでこの世の終わりみたいに真っ赤な顔で泣きじゃくった。あの頃の実梨にとって、私は世界のすべてだった。

そんな10年以上前の記憶を、必死に手繰り寄せる。そのよすがになる写真。

ちょっとした親子喧嘩（げんか）くらいなら、この世界一愛（いと）おしい写真を見れば、ふつふつと沸き上がる怒りをなんとか抑えることができる。

でも、今日は無理だ。

だって、こんなに頑張って作ったのに。

私はシンクのふちに手をつき、まだ後片付けの終わっていないキッチンの惨状を見回す。

調理台には、小麦粉と溶き卵とパン粉がそれぞれ入ったバットが3枚、小麦粉に使った粉ふるい器、鶏ささみを叩くのに使った麺棒、かぼちゃと炒めたまねぎと牛乳を混ぜたミキサー。

コンロには、スープがまだ半分くらい残っている片手鍋と、フライを揚げた天ぷら鍋。

シンクには、卵を溶いたボウルと菜箸、ささみの筋とりと下味つけに使ったまな板と包丁、かぼちゃを電子レンジにかけるときに使った耐熱ボウル、ブロッコリーとマヨネーズを和（あ）えるのに使ったガラスボウル、などなどが乱雑に積み上げられている。

大量の洗い物に目眩（めまい）がする。

たまねぎを炒めたフライパンと、ブロッコリーを茹でた鍋は、なんとか調理の合間を縫って先に洗ってあり、水切りかごに干してある。

でもその他はこれからだ。揚げ物は目を離せないので作るのも大変だけれど、もろもろの片付けが後回しになるのがいちばんストレスだ。想像しただけで暗澹たる気分になる。

そんなこんなでずいぶん苦労して作った本日の晩ごはん。メニューは、ささみのフライと、ブロッコリーサラダ、かぼちゃのスープ。それと炊き立てのほかほか白ごはん。

素敵じゃない？　すごくおいしそうじゃない？

もろもろの準備と調理と後片付けまで含めたら、３時間はかかる。でも、食べるのは15分やそこらだと考えると、虚しい。しかも実梨にいたっては10分もしないうちに席を立ってしまった。

徒労だ……。

料理って、徒労だ。

いや、もっと言えば、子育てって、全体的に徒労かもしれない。

赤ちゃんの頃、何時間も添い寝してやっと寝かしつけに成功し、残りの家事をするためにそろそろと起き上がったときのかすかな衣擦れの音で目を覚まし、火がついたようにギャン泣きされたことを思い出す。

ドアを閉める音や手足の関節が軋む音で起こしてしまったことも数知れず。夫がお風呂上がりのビールを取り出して冷蔵庫を閉めた音で目を覚ましてしまったときは、正直夫に殴りかかりたくなった。

あのときと同じような徒労感に、私は今うちひしがれている。

「はあー……」

溜め息を抑えられない。

最近の実梨は、異様なほど苛々している。機嫌のいい日のほうが少ないくらいだ。大変だった乳幼児期を乗り越えて、数年後にまたこんな大変な日々がやってくるなんて。

あの天使みたいに可愛かった娘が、いきなり豹変し、鬼みたいな形相をするようになったのだ。初めは動揺と心配のあまり何か変なものに取り憑かれてしまったんじゃないかと本気で心配になり、お祓いとか行ったほうがいいんじゃないかな、などと夫に相談したくらいだ。

いや、今思えば、最近始まったことではなく、小学校の高学年あたりから、苛々を見せることが増えていたような気もする。

でも、あの頃はまだ、機嫌のいいときは私にすり寄ってきて、『ママ、大好き』なんて可愛いことをこっそり囁いてくれたりした。だから、さほど大変ではなかった。

ところが今はどうだ。14歳、中学2年生。

いわゆる反抗期というやつなのだろう。帰宅するとすぐ自室にこもり、こちらが声をかけても生返事だったり、あからさまに無視したり。いつもぶすっと唇を尖らせ、眉根を寄せて仏頂面で、まったく何を考えているのか分からない。

特に機嫌の悪い日には、なんでもかんでも当たり散らすので、こっちも参ってしまって、

『カルシウムが足りてないんじゃないの？　好き嫌いするから』

冗談のつもりで、半笑いでそう言った。いや、冗談のつもりと言いつつ、少しは嫌みも入っていた。いや、やっぱり半分くらいは嫌みだったかも。

だって、毎日毎日まるでサンドバッグみたいに、ことあるごとに暴言を吐かれたり、物に当たられたりすれば、嫌みのひとつも言いたくなる。

最近は夜な夜な寝る前にスマホで『反抗期　親の接し方』『反抗期　親の心得』などと検索するのが日課になってしまった。

あらゆるサイトを読み漁(あさ)るものの、どこも同じようなことばかり書いてある。

『寄り添いましょう』

『受け流しましょう』

『否定的な声かけはやめましょう』

『あまり気にしすぎず放っておきましょう』

『どっしり構えて反抗期が終わるのを待ちましょう』

そんなことは頭では分かっているし、気をつけてもいるけれど、いつもいつも実践できるわけではない。

いくら親だからって、なんでもかんでも受け止め、受け入れることなんてできない。限度というものがある。

相手が一方的に感情のままに怒りを向けてくるのに、こちらばかり黙って耐えているのはフェアじゃないというか、自分ばかり損をしているような気になって当然じゃないか。こっちだって虫のいどころが悪ければ、我慢の限界がくる。さっきみたいに。

テーブルの上で冷めていく料理たちを、私は虚しい気持ちで見つめる。

とりあえず、冷蔵庫に片付けなきゃ。どうせあとからお腹が空くだろうから、そのとき食べさせればいい。

のろのろと移動し、実梨の分の食器をトレイにのせて、キッチンに戻る。

スープカップにラップをかけながら、また深い溜め息がこぼれた。

「かぼちゃスープなら、食べてくれると思ったのになあ……」


実梨は赤ちゃんの頃から偏食がひどかった。

離乳食が始まっても、白粥（しらかゆ）以外はなかなか食べてくれなかった。定番のにんじんやかぶや豆腐も全然だめだった。生後半年を過ぎても、ほとんどミルクだけで生きていた。

育児本などで調べると、実梨は敏感な性質で舌触りのいいなめらかな食感のものしか受けつけないのかもしれないと考え、全ての食材を丁寧に丁寧に裏ごしした。それでも、ひとさじ口に含んだ瞬間にダバダバ吐き出してしまっていた。

そんな頃に唯一、ダバダバせずにちゃんとゴックンしてくれて、しかもすぐに口を開けて次の一口を要求してくれたのが、かぼちゃだったのだ。

特にお気に入りだったのは、かぼちゃペーストと粉ミルクを野菜だしで溶いたスープ。ごくごく飲み込んでくれて、5分もしないうちにお皿が空になり、小躍りしそうなくらい嬉しかった。

それ以来、『困ったときはかぼちゃスープ』が私の中で合言葉になった。大きくなっても、かぼちゃは好んで食べてくれた。

だから今日は、きっと実梨も喜んでくれるに違いないと思って、久しぶりにかぼちゃスープを作った。ミキサーは洗うのが面倒だからあまり使いたくないのだけれど、娘の喜ぶ顔が見たかったから。

面倒な料理の代表である揚げ物だって、ささみのフライが実梨の好物だから作った。初めて食べたときに『おいしい!』と目を輝かせ、それから今日のごはんはささみのフライだよと告げるといつも大喜びだったから。

ブロッコリーサラダは、栄養のバランスを考えて。最近学校でインフルエンザが流行っているようだから、免疫力を高めないといけない。

そんなふうに色々考えて、手間ひまかけて、作った。晩ごはんをしっかり食べてほしかったから。

思春期に突入した頃から、実梨は極端に食が細くなった。もともと食べる量は少なめだったのに、さらに少なくなった。

どうやら好きな女性アイドルのスリムな体形に憧れているらしい。実梨だって充分に細い。

そもそもああいう人たちはしっかり食べてしっかり身体を動かしているから引き締まった体形をしているわけで、スポーツ全般が苦手な上に嫌いでほとんど運動しない実梨は、食べなかったら不健康一直線になってしまう。

でも、何度そう言っても実梨はまともに聞かず、せっかく作ったごはんもすぐに『お腹いっぱい』と言ってほとんど食べてくれない。

実梨は元からあまり食べることに興味がなく、自分からお腹が空いたとかあれが食べたいとか言うこともないし、私がおいしいスイーツなどを買ってきて一緒に食べようと誘っても、リアクションが薄いような子だ。

このままだとどんどん食べなくなり、栄養失調で倒れてしまうんじゃないか。

心配で心配で、今日は仕事を早めに切り上げてスーパーで材料を買い込み急いで帰宅して、実梨のテンションが上がりそうな、食指を動かしてくれそうなものを、腕によりをかけて作ったのだ。

それなのに。

食卓に料理をきれいに並べ、実梨を呼び、

『晩ごはんできたよ。今日はたくさん食べてね！』

と言ったら、気だるげに部屋から出てきた実梨はダイニングに入った瞬間、嫌そうに顔をしかめた。

『こんな量いらないって……。少なくしてって毎日言ってんのに、なんで無視すんの？　嫌がらせですか？』

だらだらと椅子に腰かけながら不満そうに言うので、さすがにかちんときて、私も顔をしかめてしまった。

『何よ、その言い方は。せっかく実梨のために頑張って作ったのに！』

『…………』

箸でささみのフライをつつきながら、実梨は表情をさらに険しくする。

『お母さんはね、実梨のこと心配してるの。とにかく、今日はちゃんと食べなさい。身体壊しても知らないよ。ほら、実梨の好きなものばっかりでしょ？』

すると、実梨はうつむき、低い声で、こう言い放ったのだ。

『……お母さんのごはんって、なんか、おいしくない。恩着せがましくて、うざい』

あんなことを言われて、ちゃぶ台返しをしなかった私、偉いと思う。

たしかに私は、あまり料理が得意ではない。独身の頃はほとんど自炊せずに、普段の食事は牛丼チェーンやコンビニ弁当や菓子パンでさっと済ませ、贅沢(ぜいたく)をしたいときはレストランやデパ地下のお総菜だった。

結婚してからも、フルタイムで働いていてゆっくり料理する時間もなかったし、レトルト食品や冷凍食品を多用していた。

夫は手料理にこだわるような人間ではなく、食事を用意してもらっておいて文句を言うこともないし、しかも独り暮らしが長かったため一通りの料理はできるので、何か食べたいものがあるときは自分で作っていた。休日彼が作ってくれる手の込んだ料理を、私はもろ手を挙げておいしくいただく側だった。

そんな私が、実梨が生まれてからというもの、一日のけっこうな時間をキッチンで過ごすようになった。それはもうひとえに、実梨が愛しくて愛しくてたまらなかったからだ。

可愛い実梨のためなら苦手な料理だって頑張れたし、少しでも喜んでもらえそうなレシピを見つけるために、本や雑誌をページの隅々まで読み込み、インターネットに公開されている料理研究家や料理ブロガーのレシピも調べまくった。

とはいえ、料理はセンスの部分も大きいから、我ながら自分の作る食事の味つけは『普通だな』と思う。可もなく、不可もなく。食べられないほどまずいということもないけれど、目を瞠(みは)るほどおいしいということもない。たまに奇跡的に『なんか今日おいしい』という味になってびっくりすることがあるものの、たいてい再現はできない。

遠足に持っていくお弁当を可愛くしてとねだられて、不器用だから夜明け前の4時から起き出して、せっせとキャラ弁を作ったことだって何度もある。もちろん残念な出来だったけれど。

それでも私はめげずに実梨のために料理を作って作って作って、食べさせて食べさせて食べさせて、14年続けてきたのだ。いったい何食作っただろう。

ざっと計算して、1年で1000食。給食や外食もあるけれど、ゆうに1万食は超えているだろう。

……ええ？　1万食？　すごくない？

まともに自炊もしていなかった私が、1万回も料理を作ったのだ。

そんな母の料理に対して、『おいしくない』だって。あんまりじゃないか。いくらプロが作ったものに比べてお粗末だとしても、そんなこと言わなくてもいいじゃないか。

ああ、こういう考えが、『恩着せがましい』のか。私は心の中でうなだれる。

私は別に感謝されるために作っているわけではない。ただただ、愛する娘のつつがない成長と健康のために作っているのだ。作りたいから作っているのだ。買ってきたものでも全然いいのだけれど、娘の口に入るものはなるべく自分の手で作りたいと思ったから、そうしてきたのだ。

それなら、感謝されるどころか罵倒されたとしても、別にいいじゃないか。

頭では冷静にそう考えられるのに、心の中ではやはり娘の態度と言葉に納得できず、徒労感に苛(さいな)まれてしまう。

私は実梨を愛している。無償の愛だと断言できる。決して見返りなど求めていない、与えた愛情を返して欲しいわけではない、……のだけれど。

日々せっせと注いでいる愛情のほとんどが受け流され、宙に消えていくのを目の当たりにすると、なんだか脱力してしまうのだ。

実梨の気持ちは、分からないでもない。私だって学生時代、実家で暮らしている頃はひどいものだった。親がやってくれていることも、与えられる愛情も、当たり前のものとして享受していた。やってもらっているという意識すらなかった。

ごはんだって、自動的に出てきて当然だと思っていたから、この料理は嫌だの、ごはんが軟らかいだの、味が薄いだの濃いだの、辛いだの酸っぱいだのと、好き放題に文句を言っていた。

今となっては親に申し訳ないと心から反省しているけれど、とはいえ子どもというのはそういうものだと思っているし、みんな自立してから苦労を知るものだ。そうやって連綿と続いてきた営みなのだ。

正直な気持ちとしては、あんまり実梨の態度がひどいと、『親に食べさせてもらってるくせに！』とか、『作ってもらってるくせに文句を言うな！』とか言いたくなってしまうけれど、それだけはだめだと必死に自制している。

だって子どもが親に食べさせてもらうのは甘えなどではなく、まだ自分の力だけで生きていくことができないからだ。本人の能力うんぬんとは関係なく、社会の仕組みとして無理だからだ。それなのに大人が庇護を盾に高圧的な態度に出たら、子どもにとっては逃げ場のない攻撃になってしまう。

何より、そんなことを言ってしまって『じゃあ家出してやる！』なんて言われたら困る。想像しただけで悲しすぎる。

だから、言わない。いくら反射的に飛び出しそうになってもそこだけはこらえている。私なりの、親としてのプライドだ。

でも、このままだと、いつか口から飛び出してしまいそうで怖い。

今のぎすぎすした状態が続けば、私はいつか言ってはいけない言葉を、あの子にぶつけてしまうかもしれない。

そんな自分が怖い。


ふと時計が19時半を指しているのに気付いて、青ざめる。

大変、もうこんな時間だ。

とりあえずさっとごはんを食べて、いやその前にお風呂を沸かして、あっ、麦茶もそろそろ沸かしておかないと、寝る時間までに冷めない……。ああ、朝干しておいた洗濯物もまだ取り込んでいないし、たたまないといけないし、洗濯機も回さないといけないし、台所の片付けもあるし、やることは山積みだ。

とにかく早く動かなきゃ。ぼんやりしているひまなんかない。

実梨の部屋から、何をしているのだか、がたん、ばたん、と騒がしい音が聞こえてきた。

被害妄想かもしれないけれど、『私は機嫌が悪いのだ』とアピールされているような、『私の機嫌を取れ』と暗に強要されているような、不愉快な気持ちがどうしても込み上げてくる。

ああ、ああ、苛々する。

だめだ、これ以上ここにいたら、爆発してしまう。

『好きにしてください。私も好きにします』と書き置きをして、私は家を飛び出した。

悲しいことに、いつもの習慣で、しっかりとエコバッグを引っつかんで。

3．1　鰺天とさつま汁

1年生最後のテスト、学年末考査の最終日が無事に終わった。あと2週間で春休みになり、4月になれば2年生に進級する。テスト期間なので帰りのホームルームはない。最後のテスト科目の解答用紙が回収されたあと、荷物を持って教室を出た。

早歩きで下駄箱(げたばこ)に向かいながら、怒濤(どとう)の1年間だったなあ、と振り返る。

第1志望の高校に落ちて、お父さんからは呆(あき)れられ、諦められた。お母さんからも見放されたと思った。絶望と後悔にまみれて入学式を迎えた。

高校3年間で挽回しようと必死になって、毎日夜遅くまで塾に居座り、寸暇を惜しんで勉強した。食べることも眠ることもなおざりにして、ひたすら勉強しつづけた。

そんな生活を長く続けられるはずもなく、12月に入った頃には、精神的にも肉体的にも限界を迎えていた。

何を食べても味がしない。何もおいしくない。いつも身体が重くて怠(だる)くて、どうにかなりそうだった。

そんなときに、『お夜食処あさひ』と、朝日さんに、出会った。

本当に幸運な出会いだったと思う。

あのとき出会えなかったら、私は今頃どうなっていたんだろう。想像できない。

想像すらできないくらいに、今の私にとって、あの店と朝日さんは、なくてはならない存在になった。

下駄箱で上履きを脱いでローファーに履き替え、再び小走りで校門に向かう。

今日は10日ぶりに『お夜食処あさひ』に行ける。テスト期間中はアルバイトは休ませてもらっていた。

勉強だけが全てではないと、今の私は思えているけれど、かといってどうでもいいと思っているわけでもない。ちゃんと必要な勉強をして、必要な知識を得て、学び方を覚えて、ちゃんと自立した大人になりたい。

朝日さんに出会うまでの私は、少しでもいい大学に合格することを目標にしていたけれど、今は『自立した大人になること』が新しい目標になった。

そのために、学校や塾で勉強して、バイトでは社会勉強をして、いろんな人からいろんなものを吸収しながら、未来へ向かいたい。

そんなことを考えながら『お夜食処あさひ』がある暁中央駅のほうに向かって歩いていたとき、歩道の端にハンカチが落ちているのを見つけた。

明るいピンク色のタオル地に、黒いレースで縁取りがされている。見覚えのあるハンカチだった。

身を屈めて拾い、顔を上げてあたりを見回す。下校中のたくさんの生徒たちの中に、探していた顔を見つけた。

同じクラスの柳田さん。友達数人と楽しそうにおしゃべりしながら、私の少し前をゆっくり歩いている。

彼女がこのハンカチを使うところを、何度も見たことがあった。目立つ色と装飾なので、印象に残っていたのだ。

柳田さんは、美人で明るくて、ラグビー部のマネージャーをしていて、男女問わずたくさんの友達がいて、いつも人に囲まれて大声で笑っている、とても目立つ女子だ。いわゆる1軍の人で、もちろん私はしゃべったこともない。別世界の住人だ。

どうしよう、これ。手の中のハンカチを見つめて、数秒間、迷う。

すぐに追いかけて、落ちてたよと声をかける、これが本来やるべきことだ。

でも、私と柳田さんの関係性を考えると、それはなかなかハードルが高い。クラスメイトとはいえ一度も話したことはなく、おそらく彼女にとって私は空気のような存在で、もしかしたら認知されていない可能性すらある。

そんな中で、追いかけて声をかけて、どんな反応をされるか。たぶん怪訝な顔をされるか、露骨に嫌がられるか。想像するだに憂鬱だった。

とりあえずハンカチだけ拾って、家に持って帰って洗濯して、明日学校で担任の先生に頼んで柳田さんに渡してもらえばいいんじゃないか。

一瞬、そんな考えがよぎった。

でもすぐに、だめだと自分を叱りつける。

もしかしたら彼女にとって、このハンカチはとても大事なものかもしれない。失くしたことに気づいたら、すごくショックを受け、悲しい思いをするかもしれない。眠れない夜を過ごすかもしれない。

そう考えたら、居ても立ってもいられなくなった。

すくむ脚を軽く叩き、よしっと気合いを入れて、足を踏み出す。

以前までの私なら、絶対に、直接声をかけるなんてできなかった。誰ともまともに関われなかった。

でも、『お夜食処あさひ』と出会って、そんな自分とはさよならしたから。

今なら、きっと、できる。

ふうっと息を吐いて、それから大きく吸って、「柳田さん」と声をかけた。

「これ、落ちてたよ」

声は震えてしまった。緊張で頭が真っ白だったけれど、なんとかハンカチを差し出す。

こちらを振り向いた柳田さんが、私の手許を見て、「えっ」とスカートのポケットに手を入れた。

「あっ、ない！　それ、私のだ！」

「あ、うん、よかった……」

うまい返しが思いつかず、私はへらりと笑って、ハンカチを手渡した。

しっかりと受け取った柳田さんは、

「ありがとー神谷さん！　マジ神！」

と朗らかに笑った。

どうして彼女がいつも友達に囲まれているのか、分かった気がした。

＊

「いらっしゃい。今日は何かリクエストある？」

朝日さんがにこやかに訊ねる。

3日ぶりに来店した花見沢さんは、慣れた様子でカウンター席に腰かけながら、

「実はですねえ」とうきうき答えはじめた。

「週末に、友達と映画を観(み)に行ったんですけど、そこで鯵天(あじてん)っていうのが出てきてですね」

「おお、鯵天」

私には聞き慣れない料理だったけれど、朝日さんは知っているようだ。

鯵天という名前からすると、鯵の天ぷらだろうか。アジフライならよくあるけれど、天ぷらは食べたことがない。

「ちょっと待ってな、たしか鰺の切り身があったはず……お、あったあった」

冷凍庫の中を覗いた朝日さんが、半透明のパッケージを取り出した。

ボウルに入れてシンクに置き、蛇口をひねって細く水を出し、流水解凍を始める。

「映画飯の再現レシピってやつだな。いいねえ、わくわくする。たまにはこういうのもいいな」

嬉しそうな朝日さんの様子を見ていた花見沢さんが、

「朝日さんって、ごはん作るとき、いつも楽しそうですね」

感心したように言った。

「そう？　まあ、好きなことやってるからねー」

「料理を作るのが好きなんですか？」

「うん。作るのも食べるのも好きだよ」

彼女が「わあ、すごい」と声を上げ、ぱちぱちと手を叩く。

「私なんて食べるのは大好きだけど、作るほうはいまいちなんですよね。社会人になってから、ほとんど自炊してないです。仕事から帰ったらもうそれだけで力尽きちゃって、料理するのが面倒になっちゃって」

「ああ、分かる分かる。疲れて帰って料理ってしんどいよな」

朝日さんが深く頷いたので、花見沢さんは意外そうな顔になる。私も同じだ。

「朝日さんなら、どんなときでも鼻歌とか歌いながら、ちゃちゃっと作っちゃうのかと思いました」

思わずそう言うと、彼はあははと笑った。

「いやいや、全然そんなことないよ。今日はめんどくさいなーって日はそのへんで適当に買って帰ることも多いし、レトルトも冷食もストックしてあるし。人間、疲れてるときはどんなに好きなことでも、やる気なんか出ないよ。みんなそんなもんだよ、きっと」

花見沢さんがふふっと笑い声を立て、「なんか安心しました」と微笑む。

「そりゃよかった。さてと、味付けはどうしようかなあ。ちなみに、鰺天が出てきたのって、どんな映画なの？」

朝日さんが訊ねると、花見沢さんは脇に置いたトートバッグからスマホを取り出した。

「ちょっと待ってくださいね、画像出します」

キッチン側へ向けてくれた画面に映し出されているのは、無数の百合の花に囲まれて向かい合う若い男女。互いに手を伸ばして、百合の花を受け渡している。

「これです、『あの花が咲く丘で、君とまた出会えたら。』っていう映画。戦時中の日本が舞台で、主人公の女の子が、特攻隊員の人たちが通う食堂で働くことになって、そこのお店の名物が鯵天なんです」

彼女はさらにスマホを操作して、また別の画像を見せてくれた。

「これが公式アカウントに上がってた鯵天の写真です。映画に出てきたのもまさにこんな感じでした」

「どれどれ……」

カウンターごしに覗き込む朝日さんの隣で、私も前かがみになる。

小鉢に３個ほど盛られた、茶色い食べ物。ちょっと小さめの、丸っこい形をしたさつま揚げという印象を受けた。

隣で朝日さんが「そうか、なるほど」とうなる。

「舞台は戦時中だもんな。すり鉢とすり粉木で潰して作るだろうから、粗めのすり身なんだな。じゃあ、すりつぶしすぎないように気をつけよう」

などと言いながら、器具棚からフードプロセッサを取り出している。

再現レシピとなると時代背景も考えないといけないのか、と私は納得する。現代ものだとしても、登場人物の性格や家庭環境、経済状況なども考慮しないと、完璧な再現にはなかなか近づけないかもしれない。奥が深そうだ。

私がそんなことをぼんやり考えている間にも、花見沢さんは映画の説明を続け、朝日さんはうなずきながら手を動かしている。

「食堂のおかみさんが『これおいしいんだよ、ほっぺた落ちちゃうよ』って言いながら作るんです。主人公も一緒に、すり鉢でこうやってぐりぐりして鰺をすりつぶして、丸めて揚げて、そして揚げ立てを、主人公がこうやって両手で持ってぱくって食べるシーンがあって。それ見て私もう、おいしそう！　って羨ましくなっちゃって」

花見沢さんはジェスチャーをしながら説明してくれるので、とても分かりやすい。

朝日さんが何かぶつぶつ言いながら調味料の棚を吟味している。

「戦時中の料理なら、調味料は今みたいに豊富じゃなかっただろうしな。シンプルに塩、酒、醤油くらいか。しょうがとにんにく、ねぎあたりも入れてもおいしいだろうけど、今日はあえて無しで。つなぎは片栗粉かな。……うーん、絶対旨いな、作る前から旨い」

とても楽しそうだ。遠足前の小学生くらいうきうきしているのが伝わってくる。いや、工作にいそしむ小学生といったほうが近いかも。

「とはいえ、鯵天だけだと晩ごはんとしてはちょっと寂しいか。何か鯵天と合いそうなもの……。あ、さつま汁とかどう？」

いいこと思いついた、というように朝日さんから訊ねられて、花見沢さんがきょとんとする。

「さつま汁……ですか。すみません、聞いたことないかも」

私も同じだった。首をひねって彼のほうを見ると、にこやかに教えてくれる。

「鹿児島の郷土料理で、豚汁の鶏バージョンって言えば分かりやすいかな。鹿児島出身の常連さんからレシピを教えてもらったんだ。昔は祝いの席で食べられる特別な料理だったらしいんだけど、今は学校の給食でも定番メニューらしい。野菜と肉の栄養たっぷりで、身体もあったまるし、特に冬におすすめだって」

「食べたいです!!」

花見沢さんが元気いっぱいに挙手して言った。朝日さんが嬉しそうに親指を立てる。

「了解！　ちょっと時間かかるけど、大丈夫？」

「もちろんです。おいしいものたくさん食べられるなら、いくらでも待てます」

彼女らしい言葉に、私と朝日さんは顔を見合わせて笑った。

「それでは、少々お待ちくださいませ」

それから、朝日さんは私を手招きする。

「さつま汁は難しい料理じゃないんだけど、とにかく準備がなかなかハードなんだ。具だくさんの材料を全部細かく切らなきゃいけないから。小春さん、大変だと思うけど、頼んだよ」

「はい、頑張ります」

私はこくこくと頷いた。なんでもにこにことおいしそうに食べてくれる花見沢さんが待っているかと思うと、否（いや）が応でも気合いが入るというものだ。

朝日さんがパントリーや冷蔵庫から色々な食材を出してきた。

「材料は、だいたいこんな感じでいこう。家で作るときなんかも、あるものを適当に入れればいいよ」

「冷蔵庫に残ってる食材とかですか？」

「そうそう。さつま汁も豚汁も味噌汁の一種だけど、味噌汁っていうのはとにかく懐の深い料理なんだ。どんな食材でも、丸ごと包み込んでおいしくしてくれる。ベーコンとチーズの味噌汁なんてのもあるしな」

私はまな板と包丁を用意しながら「たしかに」と頷く。朝日さんはよく味噌汁を作ってくれるけれど、毎回具材が違って、わかめと豆腐というシンプルなものから、変わり種まで、豊富なバリエーションがある。

かぶと手羽元だったり、キャベツとにんにく、レタスと卵、かぼちゃとオクラ、バターとコーンとほうれん草、マカロニとトマトなんて日もあった。色々あるけれど、全部おいしい。

「さつま汁の具材は、だいたい1、2センチくらいの角切りで。不揃いでも全然大丈夫だから、思いきってがしがし刻んでいって」

「はい、了解です」

まな板の周りに、食材を並べていく、

鶏肉、椎茸(しいたけ)、ごぼう、人参、大根、さつま芋、青ねぎ、こんにゃく、油揚げ。

これだけ数があると、ただ角切りにするだけでもたしかにけっこう時間がかかりそうだ。

おいしいものを食べるには、作る苦労がつきものだ。

自分で作ったものにせよ、家族や飲食店の人や食品メーカーさんなど他の人が作ってくれたにせよ、食べるときには少なからず誰かの苦労が背景にあるのだということを、ついつい忘れがちだ。

「汁物にさつま芋を入れると、ほんのり甘味が出て旨いんだよ」

「さつま芋って珍しいですよね。楽しみです」

「もやしもいいぞ。しゃきしゃきして食感がよくなる。里芋のほっくり感も捨てがたい」

「あー、たしかに」

「あと今日は生椎茸だけど、干し椎茸でもOK。だしがたっぷり出て旨いよ」

「なるほど」

「あ、そうだ、青ねぎは食べる前にかけるから、小皿に入れて置いといてな」

「分かりました」

「あと、さつま芋はけっこうアクが出るから、5分くらい水に浸けとく。それと、小さく切ると煮崩れしやすいから、他の具材を入れて沸騰したあと、最後のほうに入れるといいよ」

「そうなんですね……勉強になります」

だいぶ料理に慣れてきた私は、朝日さんの言葉に適宜あいづちを打ちつつも、包丁を持つ手をしっかり動かすことができていて、そのことに我ながらひっそり感動していた。

朝日さんは、隣でてきぱきと鰺天を作っている。

解凍した鰺の切り身２００グラムをフードプロセッサで粗めのすり身にする。塩と醤油をそれぞれ小さじ1ずつ、酒と片栗粉を大さじ1ずつ加えて、全体をよく混ぜる。

「青魚のにおいが気になるようなら、酒はもうちょっと多めでもいいし、しょうがやねぎを入れると臭み消しになる。まあ、臨機応変に、お好みで」

調味料と混ぜ合わせた鰺のすり身を、小さめのハンバーグのような、平たい丸に成形していく。フライパンに深さ1センチほどになるようにサラダ油を入れて、熱する。

「このあと、たねを落とし入れて、ひっくり返しながら両面を焼く。もちろん普通に油たっぷりで揚げてもいいんだけど、当時は油も貴重品だっただろうから、今日はあえて油は少なめで揚げ焼きにするよ」

朝日さんが映画の中の料理の再現に思いの外こだわるので、すごく楽しんでるんだなあと微笑ましくなった。

「さて、こっちをやってるとなかなか手が離せないな。簡単な付け合わせも作りたいし」

朝日さんがくるりと首を回し、こちらを見る。

「というわけで、小春さん。さつま汁担当を君に任命していいかな」

「えっ、いいんですか」

私が目を見開いて応えると、

「おっ、いい反応だな」

と嬉しそうに笑った。

たしかに働きはじめた頃の私は、お店の食材をだめにするのが怖くて、野菜を切ってと頼まれただけでも怯(おび)え、青ざめていた。1回包丁を入れるのに、何秒もかけていた。

それが今や、ひとつの料理を任せてもらえるなんて光栄だ、と思えるようになっている。

私、成長してるな。そんな実感が湧いてくる。

それはもちろん私ひとりの力ではなくて、なんでも挑戦させてくれて励ましてくれる朝日さんと、最近は極力私と一緒にごはんを食べながら話をする時間を作ってくれるお母さんのおかげだ。

この店に出会う前、行き違いや思い込みが重なって希薄になってしまっていたお母さんとの関係も、今はずいぶん改善して、ときどき一緒にごはんを作ったりするようになっている。そのときに色々教えてくれるので、私もだんだん料理に対する苦手意識が消えていったのだ。

そんなことを考えていたら、ふいに店の入り口のドアベルが鳴った。

「いらっしゃいませー」

朝日さんがすぐに声を上げる。

私も「いらっしゃいませ」と言いつつ、そちらに目を向ける。

「こんばんは……」

小さく頭を下げ、ふらりと店に入ってきた女性は、お母さんと同じくらいの年代に見えた。

　左手に空っぽのエコバッグを握りしめて、なんだか呆然とした顔をしている。目の下には濃い隈があり、髪も乱れていて、そんな様子があの頃のお母さんと重なった。お父さんとの離婚話がなかなか進まずに身も心も疲れ果て、気力も生気も失ってしまっていた頃のお母さん。

　ご注文は、と声をかけようかと思ったけれど、私は口を閉じた。

　彼女はふらふらとカウンター席に近づき、鼻歌を歌いながら鰺天をくるくる丸めている朝日さんや、具材を切り刻んでいる私の手許を、じいっと見つめている。

「あの……ごはん作るところ、見てていいですか」

　食事をしにきたわけではないのだろうか。

「どうぞー」

　朝日さんがにこやかに応じる。

　私はさつま汁の続きに取りかかることにする。切ったさつま芋を、水を張ったボウルに入れて、アク抜きをする。

　花見沢さんが「ここどうぞ」と隣の席に彼女を座らせ、人懐っこい笑顔で話しかけた。

「今、鯵天を作ってもらってるんです。私がこないだ観た映画に出てきたやつなんです。めちゃくちゃおいしそうで、食べてみたい！　って思って、リクエストしちゃいました。それとさつま汁らしいです」

「映画かあ……しばらく観てないなあ」

彼女はぼんやりと呟いた。

「最後に映画館行ったのいつだろ。娘が小学生のとき、一緒にアニメ映画を観に行ったのが最後かな。あの頃はよく二人で映画を観てたなあ……」

「娘さんと映画、素敵ですね。仲がいいんですね」

花見沢さんの言葉に、彼女は口許を歪め、

「……全然です」

と小さく応えた。花見沢さんは表情をくもらせ、気遣わしげに彼女を見つめる。

私は二人の会話を聞くともなく聞きながら、手を動かす。

「あの、お名前うかがってもいいですか？」

花見沢さんが遠慮がちに訊ねる。

女性はにこりと笑って、

「浅井と申します」

と答えた。

「浅井さん、ですね。あっ、すみません、名乗りもせずに。私は花見沢といいます。最近このお店にはまってて、通いつめてるんです」

「そうなんですね。いいわね、お気に入りの店があるって」

「はい。仕事で疲れる日々の潤いです」

「分かるわあ。このお店、大人の隠れ家って感じがするもの。この商店街にこんな素敵なお店があるなんて、今まで全然気づかなかった」

浅井さんは店内をぐるりと見回して言う。

「中央駅はよく利用してるし、商店街にもたまに買い物に来るんだけど、不思議ね」

「私もです。会社がこの近くで、このあたりはよく通るのに、今まで気づかなくて」

「通勤とか買い物の途中だと、目的の場所に一目散に向かうから、意外とひとつひとつのお店をちゃんと見てなかったりするのよね」

分かります、私もそうでした、と心の中で頷きつつ、鍋にサラダ油を引き、細かく切った鶏肉を炒める。

うーん、いいにおい。お腹が空いてきた。

ピンク色の肉が白っぽくなってきたら、さつま芋以外の具材を投入し、さっと炒め合わせる。

小さく切ったこんにゃくがふるふると震えて、なんだか可愛い。

ざっと炒めたら、冷蔵庫にストックしてあるだし汁を入れて、沸騰させる。

鶏肉と野菜から、旨味が染み出して、だしに溶け込み、全体へ行き渡る。その様子を想像していたら、さらにお腹が空いてきた。

人参などの野菜に火が通ったら、さつま芋をざるに上げてさっと水切りして、鍋に加える。

味噌を入れたあとに沸騰させると風味が飛びやすいので、味噌で味を整えるのは最後の最後。これまでに教えてもらったことを思い出しながら、疑問に思ったことは朝日さんに訊きながら、さつま汁を仕上げていく。

そして隣からも、いい香りが漂ってくる。揚げ物の香ばしいにおいと、焼き魚のようなにおいが混じりあって、なんとも言えないおいしそうな香りだ。

朝日さんは火を止めると、冷蔵庫から絹ごし豆腐ときゅうりと梅干しを取り出した。

小鉢に豆腐を切って盛りつける。薄くスライスしたきゅうりと、種をとって潰した梅干し、かつお節と白ごまを和えて豆腐にのせ、めんつゆとごま油を垂らす。

「うわあ、うわあ、絶対おいしいやつ！」

花見沢さんが興奮したように言った。

朝日さんが満足げに、「梅きゅう豆腐でございます」とカウンターにのせる。

「よかったら、お二人でそれ、先にどうぞ」

「ありがとうございます！　いただきます！」

花見沢さんが幸せそうに「おいしい、おいしい」と食べはじめると、つられたように、浅井さんも箸を手にした。

「いただきます……わ、おいしい！　え、ほんの2、3分で作りましたよね？　え、すごっ」

彼女は目をまんまるにして感激の声を上げる。

「どうも、どうも。お口に合ってよかったです」

「ええー……すごい……やっぱりプロってすごい……」

「鰺天もできましたよー」

「さつま汁も完成です」

「よし、あとは炊き立てごはん！」

ごはん、鰺天、さつま汁、梅きゅう豆腐。

最高に豪華なお夜食だ。

「小春さんもひとつどう？　鰺天。揚げ立てがいちばんだから。他のはまたまかないのときにゆっくりね」

「ありがとうございます、いただきます」

朝日さんのお言葉に甘えて、鰺天を小皿にのせてもらう。

お箸でつまんで、かぷっと嚙むと、ほろほろと身が崩れた。鰺の旨味を引き立てる控えめな塩味。ほのかな醬油の香り。とても素朴で、奥ゆかしく、全身に優しく染み渡るようなおいしさだ。

「本当においしいです！　ほっぺた落ちちゃう」

花見沢さんがとろけるような声と笑顔で言う。

「これでまた映画の解像度も上がるというか、没入感が増しそう」

映画の主人公と同じように両手で鯵天をつかんでかぶりつき、目を輝かせる彼女の横で、朝日さんにすすめられたお夜食を一口食べた浅井さんが、

「ああー……染みる。おいしい、全部おいしい。私、こういうあっさりしたシンプルな和食、大好きなんです」

さつま汁を味わうようにゆっくり飲みながら言った。

「でも、うちの娘が、かなり偏食で。苦手な食べ物が多くて、和食もあんまり好きじゃないから、なかなかこういうものは作らなくなっちゃって……」

はあ、と彼女が溜め息をつくと、朝日さんが静かに口を開いた。

「さっき、プロはすごいって言ってくださいましたけど、俺としてはやっぱり、子どものために毎日毎日作りつづけることこそ、すごいことだと思いますよ」

「え……？」

「俺たちは、そりゃまあ生活がかかってるんで、お客さんに満足してもらえるクオリティのものを作らなきゃっていうプレッシャーとかプライドはありますけど。基本的に店に来てくれるお客さんはうちの味を気に入ってくれてる方だし、毎日毎食の食事じゃないから、苦手なものや嫌いなもの、食べたくない気分のものを食べてもらう必

要は全然ない。つまり、その一食単位で考えればいい、その一食で『おいしい！　幸せ！』と思ってもらえればいいわけですよ」

「はあ……」

浅井さんがぱちくりと瞬きをする。

「でも、家族の食事、特に子どもの食べるものを作るっていうのは、毎日毎日の生活、長い長い人生の一部でしょう。成長のために必要なもの、健康のための栄養バランスを考えなきゃいけない。もちろん、子どもの好みに合わせて、好きなものを作ってあげて、食事は楽しいって思ってもらわないといけないし、さらに他の家族の好みも合わせて献立を考える必要もある。それに加えて家庭での食事には、好き嫌いを少しでも減らさないととか、大人になってから恥ずかしくないような、困らないような食事のマナーを身につけさせてあげたいとか、教育、食育の面もあるわけですよね。そんなの、普通に考えてめちゃくちゃハードワークですよ。それを毎日毎日、学校がないときは一日三食、考えて用意しないといけないわけでしょう。いやあ、大変すぎますよね」

「……やだ。ちょっと、もう……いい年して泣いちゃいそう」

浅井さんはうつむき、震える声で言った。箸を置き、両手でぐっと目頭を押さえている。

私も、花見沢さんも、言葉もなく彼女を見つめる。

お母さんのことを、私は考えていた。そんな大変な思いをして、食事を用意してくれていたのだと、考えていた。きっと花見沢さんも同じだろう。

小さい頃から、食事のときは、あれこれ注意されていた。好き嫌いを言ったり、だらだら食べや、マナーが悪いときつく叱られた。嫌だなと思っていたけれど、今思えば、お母さんは頑張って料理を作ったあとで、ゆっくり食べたかっただろうに、ずっと私やお姉ちゃんの食べる様子を見ていて、嫌いなものをよけていたら叱り、肘をついていたら叱り、渡し箸をしていたら叱り……と、気の休まるひまがなかったんじゃないか。

もっと小さい頃、まだ自力で食べられない離乳食の頃は、きっとお母さんは自分の食事は後回しにして、私の口にひとさじひとさじ、ごはんを運んで、咀嚼して嚥下するまで見守り、また次を食べさせて……というふうにしてくれていたのだろう。子どもはみんな、誰かからそうしてもらえないと、大きくなれないのだ。

「……そうですよね。私、すごく頑張ってきたんですよね、本当に……我ながら、頑張ってます」

　浅井さんはそう言って、ゆっくりと顔を上げる。

　照れくさそうな、でも誇らしげな笑みを浮かべていた。

「ありがとうございます。ごはんも本当においしくて、なんだかすごく元気が出ました」

「いえいえ、どういたしまして。作るのに疲れたら、またいつでも食べにいらしてください。よかったら、娘さんもご一緒に」

　ふふ、と浅井さんは笑う。

「絶賛反抗期中だから、誘ってもついてきてくれるか分からないけど。家ではわがまま言って食べなくても、外なら食べてくれるかもしれないですしね」

「反抗期なんてそんなものですよ」

「そうね……そうですよね」

　微笑んで朝日さんを見つめ返した浅井さんが、ふと首を傾げる。

「あら、あなたの顔、なんか、どこかで見たことがある気が……テレビ？　雑誌？

いや、ネット……？」

彼女の言葉に、私の知らないところで『お夜食処あさひ』が取材されたことがあるのかな、なんて呑気に思っていたら、

「あっ、分かった！」

彼女が思い出したというように声を上げた。

「『露川玲子』の息子さんに似てるんだ！」

浅井さんがスマホを何やら操作して、「これだ」と言い、年若い親子が二人で写っているブログらしきページを見せてきた。その瞬間、朝日さんの顔色が変わった。

笑顔はそのままだったけれど、明らかに温度が下がった。私は反射的に浅井さんのスマホから目を背けた。朝日さんの前で見てはいけないような気がした。

「ああ、やっぱりそうだ。面影がありますね。料理研究家の露川玲子さん。私、ブログをいつも拝見してたんです。おしゃれな料理で、レシピも分かりやすくて、よく参考にしてたんですよ。それに素敵な暮らしをしていて、憧れました」

朝日さんのおかしな様子に気づくことなく、彼女は少し興奮したように語る。

「息子さんも昔よくお母さんと一緒にテレビに出てましたよね。もう10年以上前？

時の流れは早いなあ。すっごく可愛い男の子だったから印象に残ってて、よく覚えてますよ」

朝日さんは微笑みを浮かべたまま、曖昧なしぐさをする。

でも、目の奥の光は、たしかに消えていた。

「……人違いですよ。たまに言われるんです、似てるって」

「えっ、あら、そうでした？　なんかすみません、早とちりしちゃって」

「いえ、……」

人違いなどではない、ただただ触れられたくない部分なのだ、と私には分かっていた。

だって、朝日さんのフルネームは、『露川朝日』なのだ。店で働いていれば、郵便物の宛名や書類への署名など、あちこちで見かけるから知っている。珍しい苗字だし、偶然ということはないだろう。

私は慌てて話題を変えようとした。

でも、その前に、朝日さんが、さっと頭を下げた。

「……すみません、嘘です」

「えっ？」

「浅井さんの仰る通りです。……でも、事情があって公にはしていないので、忘れていただけたら嬉しいです」

「あっ、そうなんですね。かえってごめんなさい……」

朝日さんと浅井さんは、すみません、こちらこそ、と恐縮しあっている。

それを見ながら、私と花見沢さんは顔を見合わせた。

思わぬ深淵を覗き見た気がして、そわそわと落ち着かなかった。

3．2　アンズジャムとチーズのトースト

食事を終えて店の外に出ると、さわやかな夜風に身を包まれた。

もう春なんだな、と空気のにおいで分かる。

実梨ももうすぐ中学3年生だ。高校受験も近づいてくるし、さすがに反抗期も終わりを迎えるんじゃないか、と淡い期待に胸を膨らませる。

全身に風を感じながら、夜の家路を急ぐ。

風が気持ちいい、なんて思ったのはいつ以来だろう。

料理が出てくるのを待っている間、お店で隣に座っていた花見沢さんという若い女の子と交わした会話を思い出す。

おいしそうに満面の笑みで、料理をぱくぱく口に運び、あまりにも気持ちのいい食べっぷりに感心した私は、

『偉いわねえ、うちの娘なんて全然食べてくれなくて……』

と、思わず愚痴っぽく話しかけてしまった。

するとと彼女は、照れたような笑顔で言った。

『私は娘さんの逆で、大食いで恥ずかしい思いをたくさんしてきたんです』

好きな男の子にからかわれたり、周りを気にして満足に食べられなかったり、そんな話をしてくれた。

親からしたら、いっぱい食べてくれるなんてありがたさしかないけれど、本人にとってはそれはそれで苦労があるんだなと、目から鱗が落ちたような気がした。

お腹いっぱい食べたいのに食べられないなんて、つらいだろうなと思う。

と同時に、実梨はその逆なんだと気がついた。食べたくないのに、食べろと言われる。それはそれでつらいに決まっている。

私は実梨に、つらいことを押しつけていたんだな、と思い知った。

実梨はもともと食べることに興味が薄く、面倒だと思っているふしがある。それなのに口を開けば食べなさい食べなさいと言ってくる母親を、うざったいと思って当然という気がしてきた。

でも、身体のためにも食べてほしいのは変わらないから、アプローチのしかたを考えないといけない。

21時過ぎに帰宅してすぐに、娘の部屋のドアをノックした。

「実梨、今ちょっといい？」

「……何？」

低い声が返ってきた。

また食事のことを言われる、うざいなあ嫌だなあ面倒だなあ、と思っているのだろうなということが伝わってくる。

私は笑みを浮かべて、ゆっくりとドアを開けた。

「実梨、久しぶりに映画でも観ない？」

机の前に腰かけていた実梨が振り向いた。思いきり怪訝そうな顔をしている。

「急に何？　気持ち悪いんだけど……」

「まあ、失礼な。そう言わずに、たまには一緒に観ようよ」

「ええー……？　まあ、いいけど」

実梨はしぶしぶというように立ち上がった。

やけに素直だ。さすがにあの置き手紙を見て、何か思うところがあったのか。少しは反省してくれたのか。

もしくは、食事に関する声かけ以外は、わりと素直に聞いてくれるのかもしれない。

思えばこのところ食事についてうるさく言ってばかりだったよなあと、改めて反省した。娘だけでなく、私にだって、反省すべきところはある。

*

動画配信サイトを開いて、スクロールしていくうちに、『夜が明けたら、いちばんに君に会いにいく』という映画で実梨が「それ」と声を上げた。

「それ、友達が観たって言ってた」

「そうなの。じゃあ、これ観てみる?」

「うん」

実梨が操作をしている間に、私は食品棚をあさって、ポップコーンを発掘した。

「ねえねえ、せっかくだからポップコーン食べない?」

「ええ？　ごはん食べてないのに、いいの？」

「いいよいいよ、たまには。映画といえばポップコーンとコーラでしょ」

実梨が、ふふっと笑った。

久しぶりに笑顔を見た気がした。

テーブルにポップコーンを置き、グラスにコーラを注ぎ、乾杯をして、再生する。

映画の中で、主人公の継父が、朝ごはんにおいしそうなトーストを作るシーンが出てきた。

鮮やかなオレンジ色のジャムと、バターのようなものがのっている。マーマレードではなさそうだ。

「……めっちゃおいしそう……」

実梨がぽつりと呟いた。

珍しい。私はテンションが上がり、さっそくスマホで検索してみる。

映画の公式SNSを見つけ、タイムラインを遡ってみると、映画監督直々に『夜きみトースト』の画像とレシピを投稿していた。

なるほど、あれはアンズジャムなのか。以前ホテルの朝食ビュッフェだったかで食べたことがあるけれど、イチゴジャムと白桃ジャムの中間のような、甘すぎず酸っぱすぎず、とてもバランスのいい食べやすいフルーツジャムだった。

そして、ジャムの下には、なんとチーズが隠れているらしい。

こんがり焼いたチーズトーストに、さわやかな甘さのアンズジャム、そして溶かしたバター。

さわやかでまろやかな甘じょっぱい味を想像して、よだれが出てきた。

「実梨、これ見て。あのトーストの作り方、のってるよ。今度作ってみる？」

実梨が目を輝かせて、「うん！」と頷いた。

「それと、コーヒーも」

映画の中で、主人公は継父の淹れてくれたコーヒーを飲んでいた。同じ気分を味わいたいのだろう。

ああ、実梨はもう、コーヒーが飲めるのか。そんなに大きくなったのか。

私はキッチンカウンターの、幼い実梨の写真を思い浮かべる。

小さい頃の写真もいいけど、今の実梨の写真も飾ろう。

昔みたいに戻ってほしいなんて考えない。私だって年をとって、口うるさくなっちやって、昔とは違うんだから。お互い様だよね。

「……あのさ。さっき、おいしくないとか言ってごめん」

実梨がぽつりと言った。

「苛々してて言っちゃっただけで、本心じゃないから、ね……」

私はふふっと笑い、

「お母さんもごめんね。嫌な言い方しちゃって」

と謝る。それから、声を明るくして、

「ね、今度、一緒に映画館行こうか。そのあと、ごはん食べに行こ。おいしいお店見つけたから」

「まあ、付き合ってあげてもいいけど」

「はいはい。よろしくお願いいたします」

実梨は照れ隠しのように、ポップコーンを口の中に放り込んだ。

4
章
食べときなさい

4.0

『はい、これ、今日のごはん』

母は美しい笑みを浮かべて、美しい皿に美しく盛りつけた料理を、美しい装飾の施されたトレイにのせて、俺の部屋の低いテーブルの上に置いた。

まるで家畜に餌を与えるように。

『食べときなさい』

食べましょう、でも、食べなさい、でもなく、食べときなさい。

ひとりで勝手に食べておけ、そういう意味だ。

それだけ言うと母はくるりと踵(きびす)を返して、忙しそうにキッチンへと戻っていった。

俺は黙ってトレイの前に座り込み、皿に盛られた料理を見つめる。薄切りのパンの上で、赤や緑や黄色の具材がきらきら光っている。

「こちらはキウイとトマトのブルスケッタです」

取材に来たテレビ局だか出版社だかの女の人に、料理の説明をする母の声が聞こえてきた。

「ブルスケッタというのは、イタリアの郷土料理で、前菜やおつまみとしてよく食べられているものです。薄くスライスしたバゲットをこんがり焼いたら、半分にカットしたニンニクの断面を軽くこすりつけて香りをつけ、オリーブオイルや塩などで味付けしたお好みの具材をのせるだけ。とても簡単でしょう？　見た目も素敵ですし、こうやって片手でつまんでさっと食べられるので、ホームパーティーなどでお客様に出すのもおすすめですよ」

流れるように母は語る。

「ブルスケッタの具材の定番はなんといってもトマトとバジルやアボカドですが、今日はちょっと変わり種で、トマトとキウイを刻んでオリーブオイルで和えて塩こしょう少々とパルメザンチーズを振ったものにしてみました。グリーンキウイとゴールドキウイにすると、ほら、色合いがとても綺麗でしょう」

「本当ですね。素敵！」

「もちろん、素敵なのは見た目だけじゃないですよ。栄養もたっぷりなんです。まず、キウイもトマトもビタミンCが含まれるから、免疫力の向上や美肌効果が期待できます。それに、トマトに含まれるリコピンは、オリーブオイルに含まれるビタミンEと一緒に摂取すると、美白効果が期待できて、吸収率も上がります。身体にも心にもおいしい料理なんですよ」

「美容と健康、女性の味方ですね」

「こちらは真鯛のポワレです。ポワレというのはフランス料理で使われる調理法で、油やバターで魚や肉を蒸し焼きにすることです」

「うわあ、なんだかとってもお洒落！」

「こちらは生ハムとモッツァレラチーズのピンチョスです。ピンチョスはスペイン料理で、お好みの食材を串や爪楊枝に刺して、食べやすく盛りつけたものです。今日は生ハムをバラの花に見立ててみました。生ハムをくるくる巻いて、楊枝で留めると、ほら、バラの花弁みたいに見えるでしょう。チェリータイプのモッツァレラチーズと一緒に刺してあります」

「わあ、可愛い！」

そんな黄色い声のやり取りが、どんどん遠くなる。

俺は腕をぺたりと冷たい床に落とし、項垂れた。

「……もう、なんにも、食べたくない」

空腹感を失ってから、ずいぶん時間が経っていた。

4．1　クリームシチューとコーンスープ

「なんか朝日さん、最近ちょっと元気ない、ような、気がしないですか……？」

キッチンで作業をしている朝日さんをちらりと見てから、一緒にテーブル席の片付けをしている笹森さんが、こそこそと私に話しかけてきた。

笹森さんは、私より3つ歳上だけれど、アルバイトとしては自分のほうが後輩だからという理由で、いつも敬語で話しかけてくれる。なんだか申し訳ない気分になるのでやめてほしいのだけれど、変えるつもりはないですと言われてしまった。

それはさておき、私もちらりと朝日さんに目を向ける。

いつもは鼻歌まじりにうきうきと料理をするのに、最近、というかあの日以来、どこかぼんやりと上の空な様子だ。

「……やっぱり笹森さんもそう思います？」

「……神谷さんも、そう思います？」

「です、ね……」

先週の浅井さんとの一件を、朝日さんのお母さんのことを、話してみようかなと思った。笹森さんには話しておいたほうがいいような気がした。

というか、相談したかった。ひとりでは抱えきれなかったのだ。

でも、思い止まった。

私は朝日さんから直接お母さんのことを聞いて知ったわけではなく、たまたまその場に居合わせて知ってしまっただけだ。しかも、朝日さんにとってはおそらく望まない形で。

そうやって不可抗力で偶然に知り得た秘密を、勝手に第三者にべらべら話していいはずがない。

「……どうか、したんですかね」

だから私は曖昧な言葉でごまかした。

「心配ですよね……」

あの日以来、何かおかしなところがないかと注視してきた私だけでなく、あの日のことを何も知らない笹森さんから見ても、いつもと様子が違うことが分かるくらいなのだから、やっぱり朝日さんは相当、調子が狂っているということなのだろう。

朝日さんにとって、母親は、どういう存在なのだろうか。

『今も上手くはいってない』

いつか彼がそんなふうに言っていたことを思い出す。

家族との関係について、私が何気なく訊ねたときに、答えてくれたことだ。

微笑んではいたけれど、寂しそうな表情だった。

『険悪ってわけじゃないけど、どうしても必要な連絡くらいしかしてない』

『たぶん、これからもずっとそんな感じだと思う』

朝日さんはいつもにこやかで、人当たりがよくて、誰に対しても優しく、包み込むような穏やかさがある。そんな彼は、見るからに明るく朗らかな家庭で育って家族とも良好な関係を築いていそうな感じがするから、そのとき私は彼の言葉をとても意外に思った。

そんなことを考えていると、やっぱりどうしても、朝日さんのお母さんはどんな人なんだろう、と想像してしまう。

浅井さんから聞いた『露川玲子』という名前は、しっかりと頭にこびりついていた。

ずいぶん有名な人のようだったので、たぶんインターネットで調べればすぐに分かるだろうと思われた。検索してみようかと思ったけれど、なんとか衝動を抑えた。本人が知られたくないであろうことを、いくら調べるための材料を持っているからといって、勝手に調べるのはよくない。

私は自制心を必死に働かせて、その名前を忘れようと決めた。

*

お父さんとの離婚が正式に決まったら、おそらく今のマンションから引っ越しをすることになるだろう。20年以上住んでいるため、不用なものがかなりたくさん溜まってしまっているから、今のうちから少しずつ片付けをしておこうと思う。

ある日、一緒に作った晩ごはんのクリームシチューを食べながら、お母さんが宣言するように言った。

1年前からずっと疲れきったような暗い表情をしていたお母さんが、ずいぶん生気の戻った顔をしていて、嬉しくなった私は「一緒にやろう」とすぐに頷いた。

お母さんは嬉しそうに目尻を下げた。

まずは物置部屋になっている書斎の整理から始めようということになり、次の週末、さっそく取りかかった。

「この部屋、埃っぽいね」

「お父さん、ここ数年ほとんど使ってないからね。仕事で必要なものはあらかた持ち出してるみたいだし」

「この本棚は？」

「それはお父さんとお母さんが若い頃読んでた小説と、あとはお母さんが昔使ってたレシピ本かな」

「へえ……ちょっと見ていい？」

「いいわよ」

「ありがとう」

私はその本を手に取った。

表紙はこんがり焼けたグラタンと鮮やかな黄色のコーンスープ、ミニトマトがのったグリーンサラダの写真だ。

おいしそうだなあ、なんて思っていたら、タイトルが目に入った。

『子どもが喜ぶわくわくごはん／露川玲子』

はっと息をのんだ。

「……え、」

私は目を疑い、顔を近づけ、著者名を凝視した。

やはり間違いなく、露川玲子と書いてある。

「うそ……」

まさかこんなところで出くわすことになるとは、思ってもみなかった。

帯に目を移す。

『ハレブロ料理ランキング堂々の1位！　大人気ブロガー露川玲子、初のレシピ本！

ブログにも載っていない初公開レシピも満載！』

何度見ても、間違いなく、その名前だった。

「ああ、露川玲子ね。懐かしい」

私の手許をひょいと覗き込んで、お母さんが言った。

「その人、一時期すごく流行ったわよねえ。小春はまだ小さかったから覚えてないか」

「……有名な人なの？　どんな……」

気がついたら、訊ねてしまっていた。

自ら知ろうとするのはやめようと思っていたのに、ふいに目の前に現れたので、思考力も自制心も正常に働かなかった。

お母さんがその本を手に取り、ぱらぱらページをめくる。

「まだ小春たちが小さかった頃ね、子ども向けの料理ってどうしてもバリエーションが少ないし、オムライス、カレー、ハンバーグ、唐揚げの繰り返し、みたいになって、自分でも飽き飽きしちゃって。毎日の献立考えるのも大変だから、レパートリーを増やしたくて、露川玲子のブログを見て、レシピを参考にしてたのよ。この本に載ってるレシピは、小春も秋奈も気に入ってぱくぱく食べてくれたから、よく作ってたわ」

「へえ……そうなんだ……」

私は動揺を気取（けど）られないように、平静を装った。

私は小さい頃、朝日さんのお母さんが考えた料理を食べていたのか。

子どもの頃の朝日さんと同じものを食べて育ったのかもしれない。

そんなふうに考えると、不思議な感じがする。

「他の本も何冊か買ったけど、だんだん家では作れないような料理になっていってね。すごくお洒落で素敵なんだけど、身近なところではなかなか手に入らないような食材を使ったり、手間ひまかかって仕方がないような料理が多くなって、あんまり参考にならなくなっちゃったのよね」

「……へえ」

「まああれだけたくさんレシピを紹介してたら、ネタ切れにもなるわよねえ。10年くらい前まではテレビに出ずっぱりだったけど、いつの間にか見なくなったわね」

「…………」

私は本棚から露川玲子の本を取り出し、一冊ずつ見ていった。

『みんなの憧れ　素敵ごはん』

という本は、宝石みたいにきらきら輝く色鮮やかで華やかな料理がのったお皿を両手で持ち、小首を傾げてにっこりと笑う女性が表紙だった。

透き通るように白くなめらかな肌、こぼれ落ちそうな大きな瞳、薄く形のいい唇、流れるような線を描く鼻筋と輪郭、淡い色をした少し波打つ髪。右目の下にあるほくろが印象的な綺麗な人だ。

この人が、朝日さんのお母さんなのだろう。

ぱっと見ただけでも、似ているところを探したりする必要もないくらい、誰が見ても明らかなほどに、朝日さんによく似た顔立ちをしていた。

さっき見た『わくわくごはん』に載っていたのは、素朴な家庭料理という感じだったけれど、この本はずいぶんと豪奢な、まるで高級レストランで出てきそうなイメージの、きらきらと華やかな料理ばかりだった。

『レシピ本累計100万部突破！　料理本ランキング1位！　今いちばん売れている料理研究家・露川玲子の最新レシピ満載！　愛息・朝日くんも初登場！』

テンションの高い文で埋まった帯に、ふいにその名前を見つけて、声が出そうになった。

朝日さん。やっぱり、本当に。

思わずページをめくり、彼を探してしまう。

最後のほうのページに、その姿を見つけた。まるでモデルルームのそれのように瀟洒にコーディネートされたダイニングテーブルに、お母さんと並んで座り、はにかんだ笑みを浮かべている少年がいた。

とても可愛らしい男の子だ。小学3、4年生くらいだろうか。今と比べるとずいぶんと幼い顔立ちだけれど、朝日さんの面影が、たしかにあった。

『玲子さんのひとり息子・朝日くんは、赤ちゃんの頃からブログにたびたび登場し、読者からも大人気！　今回はご要望にお応えして、素敵に成長した姿を見せてくれました。なんと今年は玲子さんと一緒にテレビにも出演予定だそうです。楽しみですね！』

そんな文章が添えられている。

幼い朝日さんは、たしかにとても可愛らしいのだけれど、どこか違和感があった。

こちらをまじまじと見つめて、フォークとナイフを指が白くなるほどきつく握っていること、テーブルの下では脚が不自然なほど力んでいる様子であることが分かった。

そう思って表情を見返してみると、頬が強張っているようにも見える。

見慣れた朝日さんの屈託のない笑顔とは、ずいぶん違った印象を受けた。

まだ子どもの頃だし、本に掲載される写真を撮られるということで、緊張していたのかもしれない。でも、もしかしたら、違う理由があったのかもしれない。

『露川玲子の暮らし方』と、洗練されたフォントで、タイトルが書かれていた本も見てみる。

1冊目の家庭的な雰囲気や、2冊目の豪華なイメージと比べると、路線がかなり変わったことが感じられる。

カバー写真では、真っ白なインテリアで統一されたリビングと思しき場所で、シンプルながら綺麗な装飾のカップを片手に、露川玲子さんが美しく華やかな笑みを浮かべてこちらを見ている。

そんなタイトルからも、表紙からも、帯からも、料理の存在は消えていた。

『主婦の憧れ・玲子さんの素敵なライフスタイル、のぞいてみました』

中を見てみると、レシピは数ページだけで、その他のページは家の間取りやインテリア、暮らしのルーティンやファッション、お気に入りのカフェテラスでコーヒーとケーキを楽しむ様子、高級スーパーでの買い物の様子、バッグやポーチの中身、使っているコスメなどが取り上げられていた。

そして、そこからは、朝日さんも消えていた。

1冊目は朝日さんのためのごはん、2冊目は朝日さんと一緒に食べる様子が取り上げられていたのに、3冊目は玲子さんしかいない。

朝日さんのお母さんの心の中から、朝日さんが消えてしまったようにも思えて、私はなんとも言えない切ない気持ちになった。

私はそっと本を閉じ、本棚にはたきをかけているお母さんのほうを向いて訊ねる。

「お母さん、この本はどうする？」

「もう捨てちゃっていいわよ。あ、小春が欲しいならあげるけど」

「……ううん、いい。いらない」

そう言って3冊とも不用品の段ボール箱に入れる。

でも、すぐに思い直して、1冊目の『子どもが喜ぶわくわくごはん』だけは本棚に戻した。

どうしてそうしたのか、自分でもよく分からなかった。

4.2　いなり寿司と手毬寿司

「あの、すみません……！」

ひどく切羽詰まったような声で、背後から声をかけられた。

放課後に委員会の集まりがあっていつもより学校を出るのが遅くなったため、急ぎ足でアルバイトに向かっていた私は、驚いて足を止め振り返った。

真後ろに、白髪まじりの髪をひっつめにした、薄紫のブラウスに白いスカート姿のおばさんが立っていた。手には何か大きな包みを抱えている。

道案内でも頼まれるのだろうかと思い、「はい」と応じて続く言葉を待つ。

「あなた、以前あの店に入って何時間か後に出てきましたよね。店員さんですか？」

「え？」

おばさんが指さしたほうを見ると、『お夜食処あさひ』があった。

「あ、はい……そうですが、何か……」

私は目を戻し、おばさんに向き直った。右目の下に、ほくろがある。

「お願いがあるんです。店長がいるでしょう、その人を呼び出してもらえませんか」

「え……朝日さんのことですか？」

そこでやっと私は、この人は露川玲子だ、と気がついた。

大きな目の周りは窪み、頰はこけ、ずいぶんと容姿が変わっていたので、ぱっと見では気づけなかったのだ。

「そう！　そうよ、朝日よ、朝日に会いたいの。あっ、私は朝日の母です」

「はあ……」

私は間抜けな返事をして、それからごくりと唾を飲み込む。

「……ええと。お母様でしたら、ご自分で会いに行かれたらよろしいのでは……」

自分でも呆れるくらい慇懃無礼な口調で、そう返答した。

たぶんすごく感じが悪いと思う。でも、自分の意思ではどうしようもなかった。あの日見た朝日さんの暗い瞳や本に載っていた彼の苦しそうな様子を思い出すと、不快感が込み上げてきて、我慢ができない。

「……いえ、それはもちろんそうなんだけど、そうしたいのはやまやまなんだけど……」

彼女はもごもごと口ごもり、言いにくそうに続ける。持っている包みが、なんだかずいぶん重そうだ。

「ちょっと事情が……あってね。それで今、私からは呼び出せなくて……」

「…………」

そのとき私は頭の中で、朝日さんがいつか言っていたことを反芻していた。

『だめなものはだめだって分かった……』

『世の中には、解決できない問題もたくさんある……』

『無理に解決しようとして話し合いを続けても、結局どうにもならないまま、自分も相手も傷ついて、傷つけて、ぼろぼろになって……』

諦めたような微笑みを浮かべて、遠くを見るようなうつろな目で、彼はそんなことを言っていた。

あれは、もしかしたら、目の前にいるこの人との関係について、語っていたのかもしれない。

「息子は、私が連絡しても会ってくれないのよ……。ちょっとした行き違いで、私に怒ってるみたいで」

玲子さんは低くくぐもった声で言い、

「でも、それは本当に誤解なの。その誤解を解くために、どうしても息子に会いたいのよ」

必死の形相で、私にすがりついてくる。

「だからお願い、どうか、協力してちょうだい」

「…………」

もしもこの人との関係で朝日さんが苦しんだのだとしたら、私は絶対に自分の独断でこの人を彼に会わせることなどできない。

でも、逆に、なんの事情も知らない私が独断で彼女の希望をしりぞけることもできないとも思った。

「……ちょっと待っててください、確認してきますので」

溜め息をこらえてそう告げる。

「あと、ここは通行の邪魔になるので、あっちの自販機のところにいてください」

「……！　ありがとう！」

玲子さんが興奮したように私の手を握り、それから自動販売機のほうに移動した。

*

「こんにちは」

いつも通り挨拶をして店内に入ると、

「はーい、学校お疲れ」

いつも通り朝日さんが応えてくれる。

「小春さん、今日委員会があるって言ってなかった？　思ったより早くてびっくりした。無理して急いで来てくれたんじゃない？　危ないからゆっくりでいいのに」

笑顔ながら少し心配そうに問われて、私は「いえ、全然」と首を横に振る。

休憩室で制服の上着を脱ぎ、お店のエプロンを着ける。

洗い場で手を洗いながら、朝日さんの様子を盗み見る。

お客さんから『露川玲子』という名前を出されて、様子がおかしくなってから1週間。だいぶ落ち着いてきて、元に戻ってきたと思う。

それなのに、まさか、こんなタイミングでご本人登場なんて。洒落にならない。

委員会がなかったら、たぶん遭遇しなくてすんだのに、なんて間の悪い。

ああ、嫌だ。聞かなかったことに、会わなかったことにしたい。忘れたい。

でも、そういうわけにもいかない。

はあ、と深く溜め息をついて、私はとうとう口を開いた。

「……さっき、朝日さんのお母さんという方から、お店の近くで声をかけられました」

「……えっ？」

朝日さんが耳に手を当て、耳を疑うようなしぐさをした。信じたくないという様子だ。

「朝日さんのお母さんだって……ごめんなさい」

声をかけられる隙を見せてしまったことが申し訳なくなって、思わず謝る。

「朝日さんに会いたいと、おっしゃってました」

「…………」

彼は応えない。石像みたいに固まっている。

「……会いたくないですか？」

そう訊ねると、

「……うん」

子どもみたいな、心許なげな答えが小さく返ってきた。

「分かりました」

私はこくりと頷き、店を飛び出した。

ドアを閉めるとき、店の中をちらりと振り返ると、朝日さんはなんだか呆然としたような顔をしていた。

まるで、見知らぬ場所にひとり取り残されて、迷子になっている子どもみたいだった。

＊

「会いたくないそうです」

玲子さんのもとに走って、単刀直入に告げた。

彼女は一瞬、鳩（はと）が豆鉄砲をくったような表情をして、それから悔しそうに顔を真っ赤に染めた。

「私は露川玲子よ！」

悲鳴のような声だった。その目は怒りに燃えていた。

唐突に鋭いナイフで突き刺されたような錯覚に、私は全身を震わせた。

「私は朝日の母親なのよ。あの子を育てたのは私よ。なのに、なんでこんな仕打ちを受けなきゃいけないの？　育ててもらった恩も忘れて、会いたくないなんて、ふざけてるわ。どうして産み育てた母親が我が子に会えないのよっ！」

突然の攻撃的な態度に驚き、私も初めは硬直してしまったけれど、聞いているうちに、あまりに一方的な言い様にだんだん腹が立ってきた。

ふうっと息を深く吸い込んで、口を開く。

「会いたくないと思われたら、もう会えないと思います」

「……はっ？　なんですって？」

聞き取れなかったというように、彼女が耳に手を当てる。

そのしぐさが、さっきの朝日さんに似ていて、ものすごく、嫌だった。

『私は朝日の母親なのよ』

免罪符みたいに掲げたその言葉の効力を裏づけるような共通点を見つけてしまったことが、不愉快極まりなかった。

私は苛立ちに任せて言葉を吐き出す。

「子どもは、本来なら、親に会いたくないなんて考えないものだと思います」

私はお母さんとの関係がいちばん崩れていたときも、お母さんに会いたくないなんて思わなかった。

勘違いだったとはいえ、自分がだめな子だから見放されたのだと思い、なんとか愛情を取り戻すために頑張らなきゃと考えていた。

たいていの子どもはそうなのではないだろうか。良くも悪くも、愛されたいと願わずにはいられないものだ。親の愛情が欲しい、愛されたいという呪縛から逃れるのは難しい。

「それなのに、子どもから会いたくないと言われるなんて、相当なことですよ」

玲子さんの顔が、みるみるうちに青ざめていく。

「会いたくないと思われても当然な、何かが、あったんじゃないですか」

「な、なん……」

「少なくとも私の知る範囲では、朝日さんは、理由もなく相手を拒絶するような人じゃないと思います。それはあなたもよくご存知なんじゃないですか。『母親』なんですから」

自分の口から、こんな挑発するような言葉が次々に飛び出してくるなんて、びっくりだ。

ふだん大人しい人ほど怒ると怖いなんていう言葉を、へえ、ふうんと思いながら聞いていたけれど、意外と自分にも当てはまるかもしれないと知る。

「権利ばかり主張するんじゃなくて、会いたくないと思われるようになってしまった理由を考えるべきなんじゃないですか。ちゃんと向き合わないと、いつまで経っても状況は変わらないと思いますよ」

『だめなものはだめだって分かった』

『解決できない問題もたくさんある』

『無理に解決しようとして話し合いを続けても、結局どうにもならないまま、自分も相手も傷ついて、傷つけて、ぼろぼろになって……』

あの寛容で優しい朝日さんに、そこまで言わせるなんて、ただごとじゃない。

あの言葉が、玲子さんとの軋轢（あつれき）から生まれたものだとしたら。

彼女は朝日さんにそれだけのことをしてしまったということだ。

おそらくそうなのだろう。

だから、私は、絶対に退（ひ）けない。

「とにかく、今日は、会わせられません。帰ってください」

玲子さんが、おそらく激しい怒りに、全身を震わせた。

「あんたみたいな子どもに何が分かるのよっ！　子育てしたこともないくせに、育てる苦労も知らないくせに！」

彼女はそう叫びながら、包みを地面に置き、私につかみかかってきた。

私は反射的に両手で頭を抱えた。

店から遠ざけておいて良かった、と思う。店の中から見える場所だったら、こんなところを見られたら、大変なことになっていた。たぶん朝日さんは、どんなに会いたくない相手がいたとしても、飛び出してきてしまうだろうから。

でも、これ以上の騒ぎになったら、もしかしたら朝日さんのところまで届いてしまうかもしれない。だから、私は黙って嵐が過ぎ去るのを待つ。

殴るなり、蹴るなり、玲子さんの気が済むまでやってもらうしかないと思った。

そのとき突然、

「何してるんですか！」

女性の叫び声が聞こえてきた。

私の腕をつかんでいた玲子さんの動きが止まる。

隙間から見ると、花見沢さんが仁王立ちになっていた。

それから、どすどすと音を立てそうな迫力で近づいてきて、玲子さんの手首をぐいっとつかみ、私から引き離した。

「何よあんた！　関係ないでしょ、黙ってて！」

「関係あります！　その子が働いているお店の客なので！」

花見沢さんが玲子さんと言い争う横で、彼女と一緒にいたらしい城之内さんが、

「落ち着いて」と玲子さんに声をかける。

「どういう事情か存じませんが、ひとまず落ち着いてください。こんなところで……周りの迷惑ですよ」

その言葉に、玲子さんははっとして辺りを見回した。

帰宅ラッシュの時間帯、駅に向かう人や飲食店を利用する人でにぎわう商店街。道行く人々が、こちらへちらちらと好奇の目を向けている。

しゅるしゅると空気が抜けるように、玲子さんの興奮が引いていくのが分かった。

「……分かりました。今日のところはこれで帰ります」

急にしおらしい態度になって、ぺこりと頭を下げる。

「……家の片付けをしてたら、たまたま昔の写真が出てきて……朝日の写真を見たら、急に会いたくなって、どうしても会いたくなって……ただ顔を見て少し話せたらそれでよかったのに……。はあ……どうして……」

玲子さんは溜め息まじりに、ひとりごとのようにぼそぼそ言った。がっくりと肩を落として、深々と息を吐いている。

あまりの変わりように、私と花見沢さんと城之内さんは戸惑いの視線を交わした。

「あの、これ、渡しておいてもらえますか」

そう言って何か包みを差し出してくる。

「……なんですか」

受け取る前に、訊ねる。

「差し入れです。いなり寿司と手毬(てまり)寿司が入ってます。朝日、子どもの頃から好きだったから……」

重箱のようなものが、薄紫色の風呂敷に包まれていた。

どうしようか迷ったけれど、これもやっぱり私が判断すべきことではないと思ったので、ひとまず受け取ることにした。

*

「……そっか。どうも」

朝日さんは力のない笑みを浮かべ、包みを受け取った。

でも、開いて中を確かめたりすることはなく、そのまま調理台に置く。雑に扱うわけでもなく、かといって丁寧でもなく、なんの感情も感じさせない置き方だった。

「小春さん、嫌な役目を任せちゃってごめんな。ありがとう、助かったよ」

朝日さんが微笑んで言う。

「いえ、そんな、全然。いつも助けてもらってますし」

朝日さんは困ったように眉を下げた。

「困るよな、店には来るなって何度も言ってるのに。なんかのきっかけで気持ちが昂(たかぶ)ると、感情のコントロールができなくなるみたいで、連絡もなしに勢いで来ちゃうんだよ」

「そうですか……」

「まあ、そういう人だから、仕方ないんだけどね」

彼は今度は、カウンター席に並んで座った二人に笑いかける。

「花見沢さんと城之内くんも、お騒がせしちゃってごめんな」

「いえいえ、全然、まったく」

「そうそう、気にしないでください」

二人はそれぞれに手と首をぶんぶん振った。

彼らには前もって、玲子さんから手を上げられたことは朝日さんには黙っていてほしい、とお願いしておいた。

もし知ってしまったら、朝日さんはひどく気に病んでしまうだろうから。

二人とはたまたま店の前で会ったという体(てい)にしておいた。

「あの、それ……どうするんですか」

花見沢さんが、風呂敷包みを指差して訊ねる。

「うん、どうしようかなあ……」

食べるつもりはないけれど、捨てるわけにもいかない。そう悩んでいるように見受けられた。

やっぱり受け取らないほうがよかったかなと後悔する。余計なことをして朝日さんを悩ませ、困らせることになってしまったようだ。

「じゃあ、私、食べてもいいですか」

花見沢さんが軽く手を挙げて言った。

「捨てるのもなんですし、お腹すっごく空いてますし」

朝日さんが目を丸くして答える。

「ええ……？　いいの？　俺としては、助かるけど」

「逆に、いいんですか？　私が食べちゃって」

「それはもう、もちろん。俺はちょっと、うん、あれだから……」

やっぱり食べたくないんだな、と思う。

「食べてもらえたら、ありがたい、かな」

「わーい、やったあ」

花見沢さんが明るくばんざいをした。

ともすれば重苦しい空気が漂いかねないところを、彼女が意識的に空気を軽くしようとしてくれているのが伝わってくる。

城之内さんも笑顔で「よかったね」と花見沢さんに笑いかけ、彼女に協力しようとしているのが分かった。

「じゃ、よかったら、みなさんでどうぞ」

朝日さんが風呂敷をほどいて、重箱を取り出した。

上の段には手毬寿司が、下の段にはいなり寿司が、綺麗に並べられている。

真ん丸に成形されたごはんの上に、まぐろやサーモン、いかに海老、いくら、きゅうり、錦糸卵など、色とりどりのねたがのせられ、丸く握りこまれている。それらが真四角の箱にぴっちりと並べられていて、まるで和菓子の詰め合わせか、宝石箱のようだった。

いなり寿司のほうは、普通とは違い、お腹側というのだろうか、油揚げに包まれたごはんのほうが見えるようになっている。私の知っているいなり寿司は白ごまのごはんだけれど、玲子さんのいなり寿司はずいぶん華やかだった。枝豆と塩昆布、桜えびと高菜、紅しょうがと大葉、しば漬けと白ごまなど、色々な混ぜごはんが油揚げに包まれている。

あのレシピ本で見たのと同じような、思わず見とれてしまう美しい料理たち。

でも、どうしてだろう。綺麗だなと思うのに、おいしそうだなとも思うのに、なぜだかもの寂しい気持ちになる。

たとえるなら、豪華で瀟洒な装飾に彩られた、誰もいないお城のような。

「わーい、ありがとうございます、いただきます」

花見沢さんはにこにこと取り皿にお寿司を山盛りにのせる。

「俺も、食べさせてください」

城之内さんが言った。

「城之内くん、大丈夫？」

「うん、これなら、一口でいけそうだし、それに……」

その先は言わなかったけれど、彼がどんな気持ちで食べると言ったのか、私にはよく分かる気がした。

「私もいただきます！」

私は朝日さんに宣言し、カウンタードアからホールに出て、花見沢さんの隣に座った。

取り皿にどんどんお寿司をのせていく。

早く、空っぽにしてしまいたかった。

5
章
食べましょうか

5．0　葛湯とカレーとすりおろしりんご

「玲子さんの料理って、本当に全女性の憧れを凝縮したみたいですよね」

インタビュアーのご機嫌とりのお世辞を、母は満面の笑みで嬉しそうに受け取り、ご満悦の様子だった。

こんな穿った見方を、まだ幼い頃の俺はしていなかったはずだ。7、8歳の頃までは、大好きな母が人気者になっていくのを肌で感じ、心から喜んで見ていた。

でも、料理の仕事で認められていくにつれ、母はいつの頃からか『世間から認められること』に執着するようになっていった気がする。

俺と一緒に食卓を囲まなくなったとき、ひとりで食べる寂しさから、

「一緒に食べようよ」

と言った。すると母は、「お母さんは忙しいの！」と突然怒った。

「後片付けもしないといけないし、次の料理の準備もあるし、のんびり食べてる暇なんてないの」

「じゃあ、ごはん食べないの？」

「味見しながら作ってるから、お腹いっぱいなの。いいから朝日はそれ食べときなさい」

それ以来、俺はひとりで食事するようになった。

母は一日のほとんど全ての時間を、キッチンで過ごした。

朝起きてから夜眠るまで、ずっとキッチンに立って料理をしていた。食材を切ったり叩いたり潰したり、混ぜたり和えたり伸ばしたり、煮たり焼いたり揚げたり蒸したり、休みなく作り続けていた。何かに取り憑かれたように。

ぴかぴかに磨き込まれたシンク、真っ白に輝く調理台、油汚れひとつないコンロ、きっちりと整頓された食器棚。

そこは母にとって夢の城であり戦場であり、俺や父は冷蔵庫から飲み物を取り出す以外には立ち入ることすら禁じられていた。

そのうち父は、母に愛想を尽かして、家に帰らなくなった。もともと家族に対する関心が極度に薄い人だった。

今思えば、父がそんなふうだったから、母はどこか満たされないものがあって、鬱屈していたのかもしれない。それで、料理ブログでたくさんの人たちから称賛され、尊敬され、憧れられたことが快感につながったのかもしれない。

でも、当時10歳やそこらの子どもがそんな事情を推し量れるはずもなく、俺はただひたすらに寂しさと虚しさを募らせていた。

いつしか母の料理を食べるのが苦痛になった。

空腹のはずなのに空腹を感じない。どんなにおいしそうな食べ物を前にしても食欲は湧かず、何も喉を通らないのだ。

気がつくと、俺はがりがりに痩せ細っていた。

自分でも鏡を見て気味が悪いと思うほどの痩せ方だったし、おおらかで万事適当だった小学校の担任教師すら異変に気づいて『大丈夫か、ちゃんと食ってるか』と声をかけてくるほどだった。

『無理なダイエットでもしてるのか？　お母さんのごはん、旨いだろ。身体にもいいものばかりだろ。安心してたらふく食えよ』

母がメディアで人気の料理研究家だということはもちろん周囲の誰もが知っていて、だからこそ、俺は母の手作りの絶品料理を毎日食べられる幸せな子どもだと思われていた。同級生からはいつも羨ましがられていた。俺が実際に家でどんなものを食べさせられていたか知ったら、みんなさぞ驚いただろう。

それでも担任教師は心配してくれて、何度か母に電話をしたらしい。だが母は外面だけはいいので、なんだかんだと言い訳をして、丸め込んだようだった。

深刻な忠告をのらりくらりと躱す母に呆れ、見かねた担任教師が母の実家に連絡をしてくれたらしく、俺は祖父母の家に引き取られることになった。

痩せぎすになった俺の身体を、祖母は「ごめんなさい」と泣きながら抱きしめた。祖父は「俺たちが悪かった」と謝った。何がごめんなのか、どうして祖父母が俺に謝るのか、分からなかったものの、久しぶりに感じた人の体温に戸惑い、なんとも落ち着かない気持ちになったのを覚えている。

その日、祖父母の家に着いたのは夜10時を過ぎていたが、祖母が『寝る前に何かあたたかいものを胃に入れたほうがいい』と言って、夜食に葛湯を作ってくれた。

半透明のとろりとした液体。口に含むと、全身がほどけるようなあたたかさと甘さが広がった。

気がついたら、涙がぽろぽろ溢れていて、自分でもびっくりした。

あたたかい手料理を身体に入れたのが、本当に久しぶりだったのだと、あとから気がついた。

母はいつも、仕事のための料理を作って、余ったものや写真を撮り終えて不要になったものを俺に食べさせていた。だから、俺が食べる頃には、どんなに美しくおいしい料理も、冷えきって、硬くなっていた。

祖父母の家で翌朝目を覚ますと、居間の食卓には、朝食が用意されていた。炊きたての白ごはんと味噌汁、焼き鮭に卵焼き、納豆に漬物。なんの変哲もない朝ごはん。

でも、涙が出るほどおいしかった。

昼ごはんも、夕ごはんも、おいしかった。

数年ぶりに味わった、出来立ての手料理。

なんてあたたかくて優しい味だろうと思った。

それから数日経ったある日の午後、俺は熱を出して寝込んだ。

夕ごはんは、高熱による頭痛がひどくて、ほとんど食べられなかった。

祖母が作ってくれたお粥を少しだけ食べて、泥のように眠った。

そのおかげか、びっしょりと汗をかいて目覚めた夜中、身体はすっかり楽になっていた。

洗面所に行って着替え、寝室に戻ろうとした途端に、極度の空腹を感じた。

久しぶりの激しい空腹感に、せき立てられるように台所へ入った。冷蔵庫を開けて、豆腐でも食べようかと思っていたら、音が聞こえたのか祖父が起きてきた。

『どうした、腹が減ったのか』

『うん』

『そうかそうか、それはいいことだ』

祖父は嬉しそうに笑い、俺の髪をくしゃくしゃとかき回した。

『りんごは好きか』

『うん』

『よし、すりおろしてやろう』

普段は台所を祖母に任せきりだった祖父の、おろし金を探して引き出しや開き戸を開けたり閉めたりしていた背中、ちかちか点滅する青白い蛍光灯の下で、一心にりんごをすりおろしていた姿が、俺の目に灼きついた。

『まだ腹減ってるか』

『うん』

『うどん、食うか』

『うん』

祖父はにかっと笑って、うどんを茹でてくれた。

茹で汁で薄めためんつゆに、あまり湯切りできていないうどんをぶちこんだだけの素うどん。

でも、薄暗い真夜中の台所で、二人肩を並べて立ち食いした背徳的な楽しさもあいまって、何年経っても忘れられない旨さだった。


中学生になると俺は、自分で料理をするようになった。

きっかけは、祖父母が法事で出かけていた日。事故渋滞に巻き込まれ、帰りが遅くなりそうだと連絡がきたことだった。

真冬で、ひどい雪が降っていた。

『ひとりにしてごめんね。お腹が空いたら何か家のものを食べてもいいし、出前をとってもいいからね』

と言われ、きっと祖父母は凍えて、お腹を空かせて帰ってくるだろうと思った。それなら、あたたかいごはんを、用意しておいてあげたい。生まれて初めて、そう思った。

誰かのためにごはんを作りたい、食べてもらいたい。込み上げる思いに突き動かされて、俺は急いで材料を買いに走り、初めて自分ひとりでカレーを作った。

調理方法は知っていたものの、実際に作ってみると、肉や野菜を切るのも、あくを取るのも、固形ルーを溶かすのも、なかなかうまくいかなかった。

でも、夜遅くに疲れた顔で帰ってきた祖父母が、鍋いっぱいのカレーを見て、泣き笑いで喜んでくれたことが、ものすごく嬉しかった。

引っ越しの夜の葛湯と、熱を出した夜のうどん、初めて作ったカレー。

世界でいちばんあたたかくて優しい料理は夜食――俺がそう考えるようになったのは、そんな祖父母との思い出が原点だった。

大学生の頃に、祖父母は相次いで亡くなった。
料理を作ってあげたい人たちはいなくなった。
でも俺はその後も作りつづけた。
その頃には、自分のために作る楽しさと幸せを知っていたから。

5．1　タンドリーチキンとホットチャイ

た。

「……我ながら、親不孝者だよなあ」

　ぱくぱくとお寿司を食べる私たちを見つめながら、ふいに朝日さんがぽつりと呟い
　わざわざ会いにきたお母さんを拒絶し、お母さんが自分のために差し入れてくれた
ものも口にしない、そのことを指して言っているのだろうと思った。

「そんなことありません」

　私はいなり寿司を口の中に詰め込みながら、もごもごと応える。

　急いで飲み込み、また口を開いた。

「だって朝日さん、言ってくれたじゃないですか。あの言葉、私にはとても救いにな
ったんです。朝日さん自身にも、言ったことじゃないんですか」

「……俺、何か言ったっけ？」

　朝日さんは怪訝そうに首を傾げた。

彼がくれた言葉、心の中で何度も復唱した言葉。

『だめなものはだめだって分かったから、だめじゃない範囲でごまかしごまかしやっていくしかない』

『解決できるなら解決するに越したことはないんだけどさ、世の中には、解決できない問題もたくさんあるから』

『無理に解決しようとして話し合いを続けても、結局どうにもならないまま、自分も相手も傷ついて、傷つけて、ぼろぼろになって……そんなふうになったら元も子もないだろ。だから、ああもうこれ以上は無理かな、ここまでかなって感じたら、そこを妥協ラインにする。そんで、「お互いここまでしか立ち入らないことにしましょう、あとはそれぞれ好きにやりましょうね」って決めるのも、生きてく上では必要だし、大事なことだなって思うよ』

『いちばん大事なのは、前を向いて生きてくことだから。問題が解決してなくても、葛藤を抱えたままでも、それはそれとして、自分の人生を、前を向いて歩む。それができれば上等だよ』

闘ってもどうにもならないこととは、闘わなくていい。

そう教えてもらったことで、そう思えるようになったことで、私はとても心が軽くなった。

だから、朝日さんも、あの優しく懐の深い言葉を、自分自身にもかけてあげてほしい。

「だめなものは諦めていいし、解決しなくていいって、言ってくれたじゃないですか」

朝日さんが、はっと息を吸い込んだ。

私は今までこのお店で出会ったお客さんたちのことを思っていた。

食事に関しての苦悩を吐き出し、悩みを解決できた笹森さんや、若葉ちゃん、凌真くん。

まだ解決できていない城之内さん、このお店の中でだけは解決できた花見沢さん。

ちょうど昨日再来店し、娘さんとの関係が少しずつ改善してきたと教えてくれた浅井さん。

みんな、朝日さんの料理や、言葉で、救われた。

抱えた問題を完全に解決はできなくても、前を向けるようになった。

『お夜食処あさひ』で、さよならごはんを食べたから。

私は朝日さんをじっと見つめる。

彼は一度息を吐き、また吸い込んだ。

「解決しないままでも、自分の人生を歩めていたら、前向きに歩めていたら、それだけでいいんでしょう」

それから、すうっと吐き出す。

ゆっくりと瞬きをしながら、ゆっくりと呼吸する。

私は笑みを浮かべて言う。

「会いたくない人とは、会わなくていいと思います」

「食べたくないものは、食べなくていいと思います」

私の言葉に重ねるように、城之内さんが言った。

私たちは、朝日さんの言葉に、優しさに、救われた。それを今、彼に返しているだけなのだ。

朝日さんとお母さんの間に、どんな確執があるのか、私は知らない。

きっと彼は、誰かにそれを打ち明けたり、相談したりすることもないのだろうと思う。

心に抱えた空洞は、ずっと胸に秘めつづける。

どんな悲しみも、どんなに時間をかけても、自分ひとりで咀嚼して、反芻して、消化して、吸収して、これまでずっとそうやって生きてきた、これからもずっとそうやって生きていく人だろうから。

だから、弱音を吐いてくれなくたっていい。なんにも打ち明けてくれなくたっていい。

ただ、自分に優しくしてほしい。

私たちにそうしてくれたように。

世界でいちばんあたたかくて優しいものを、自分に与えてあげてほしい。

「だから、なんていうか、……うーん、うまく言えないんですけど」

私は一度うつむいて言葉を探したものの、見つけられずに諦め、ただ素直な気持ちを伝えることにした。

「朝日さん。『お夜食処あさひ』を始めてくれて、料理を作りつづけてきてくれて、ありがとうございます」

ぺこりと頭を下げると、少し間をおいて、朝日さんがふはっと吹き出した。

「こちらこそ、『お夜食処あさひ』を見つけてくれて、俺の料理を幸せそうに食べてくれて、ありがとう」

えへへ、と私が笑うと、朝日さんもへへっと笑った。

花見沢さんと城之内さんも、そんな私たちを見て、ふふっと笑った。

*

今日の俺たちのお夜食は、タンドリーチキンとホットチャイ。

ヨーグルトにケチャップとにんにく、しょうがとカレー粉を加えて混ぜた漬けだれに一晩漬け込んだ鶏もも肉を、フライパンでこんがり焼くだけの簡単タンドリーチキン。紅茶の茶葉を牛乳で煮出して、シナモンとジンジャーなどのスパイスと、たっぷりの砂糖を加えただけの簡単ホットチャイ。

「さっきのお寿司があっさりだったから、こういうがっつり濃い味が恋しかったんです！」

花見沢さんがそう言うと、小春さんと城之内くんも「分かります」「分かる」とこくこく頷いた。

手毬寿司もいなり寿司も、食べてもいないのに、どんな味がするのか分かった。悲しいかな、母の味は、ずっと俺の中に染みついている。

祖父母の家に預けられてから、俺は一度も母の料理を食べていない。

あれだけ邪険に扱っていたくせに自分の手を離れたら急に惜しくなったのか、ときどき母から電話がかかってきたが、俺が『話したくない』と首を振ったら、祖父母は通話を切ってくれた。クール便で手料理が届けられたこともあった。でも、食べなかった。

冷たい床に座って食べた、冷えきって硬くなったごはんの味を思い出してしまい、吐き気が込み上げてきて、一口も食べられなかった。

もう10年以上経つのに、あの冷たさを、忘れられない。

別にもう親のことなんてどうでもいい、なんてことないと思えるときもあるのに、未だに過去の呪縛から逃れられずに悪夢に苦しむ夜もある。

胸の奥に押し込めたものを忘れて日々を楽しめることもあれば、ふとした瞬間に思い出して七転八倒したりもする。

人生とは、そういうものなのかもしれない。

きっと、それでいいんだ。

忘れたり、思い出したり、幸せを謳歌したり、ふいに甦る過去の記憶に苦しめられたりしながら、なんだかんだで前を向いて生きていく。

食欲をそそられるなんとも香ばしい香りを放つタンドリーチキンを、大皿にどんと盛りつける。もちろん、サフランを入れて炊いておいた鮮やかな黄色のサフランライスも一緒に。インド料理にはやっぱりこれがないと。

ああ、なんだか楽しくなってきた。

作るのって、楽しい。

改めて実感する。俺は料理が好きだ。

作ること、食べてもらうこと、食べることが大好きだ。

「さあ、食べましょうか」

小春さんが俺を見て言った。

俺は思わず笑みをこぼす。

ずっと欲しかった言葉を、まさかこんなタイミングで、言ってもらえるとは。

ここまできたら、言ってほしかった相手じゃなくても、全然いいじゃないかと思える。

知らぬ間に俺は、ずっと逃れられずにいた過去を、消化しつつあるのかもしれない。

作って、食べて、生きるうちに、いつの間にか。

「うん、食べましょうか」

言いながら、思う。あったかくて、優しい言葉だなあ。

言ったほうも、言われた相手も、きっと幸せになれる言葉。

「いただきます」


人生はまだまだ続く。

明日も俺は、過去にさよならを告げながら、作って、食べて、生きるだろう。

同じように、さよならしたい過去を抱えた人たちと一緒に。

この作品は書き下ろしです。

さよならごはんを明日(あした)も君(きみ)と

汐見夏衛(しおみなつえ)

令和6年5月20日　初版発行

発行人――石原正康
編集人――高部真人
発行所――株式会社幻冬舎
〒151-0051東京都渋谷区千駄ヶ谷4-9-7
電話　03(5411)6222(営業)
　　　03(5411)6211(編集)
公式HP　https://www.gentosha.co.jp/

印刷・製本―株式会社　光邦

装丁者――高橋雅之

幻冬舎文庫

ISBN978-4-344-43379-3　C0193　し-49-3

この本に関するご意見・ご感想は、下記アンケートフォームからお寄せください。
https://www.gentosha.co.jp/e/